kein tag
wie der andere

Bibliografische Information der Deutschen Nationalbibliothek:
Die Deutsche Nationalbibliothek verzeichnet diese Publikation
In der Deutschen Nationalbibliografie; detaillierte bibliografische
Daten sind im Internet über http://dnb.dnb.de abrufbar.

© 2019 Martin Franz Neuberger
Herstellung und Verlag:
BoD – Books on Demand, Norderstedt

ISBN: 978-3-7322-8795-6

Alle Rechte der Verbreitung, auch durch Film, Funk und Fernsehen,
fotomechanische Wiedergabe, Tonträger, elektronische Datenträger und
auszugsweisen Nachdruck sind vorbehalten.

die sonnenuhr
ist eine projektionsfläche
für den lauf der gestirne

sie ist eine tür
ins weltall


ein fenster
zur schöpfung

# kein tag wie der andere

## martin franz neuberger

gewidmet
dem kloster maria schutz
in sankt andrä am zicksee

august 2018

  athos ist wunderbar - sagt nikola
dort ist alles wunderbar
diese mönche leben in einer eigenen welt
sie machen ihr eigenes essen
machen ihren eigenen wein
die machen alles selber
sie haben sogar eine eigene zeit
  aber die machen sie nicht selber
werfe ich scherzhaft ein
  naturlich nicht
sagt nikola und lacht herzhaft wie immer
  natürlich - korrigiere ich ihn
ich weiß - professor - meint er immer noch lachend
aber dieses u
  ü - bleibe ich hartnäckig
und sag nicht immer professor zu mir
aber du bist mein professor
  ich bin kein professor
das weißt du doch
aber wie soll ich dich dann nennen
nenn mich bei meinem namen
sage ich ihm zum wahrscheinlich siebzehnten mal
oder öfter schon
du kennst ihn ja
  naturlich kenne ich ihn
natürlich - korrigiere ich wieder
aber ich sage trotzdem professor

meint nikola treuherzig wie immer
und ich kapituliere wieder einmal
weil ich zu der angesprochenen eigenen zeit
zuruckkehren mochte
äh zurückkehren möchte
  ich muss manchmal wirklich aufpassen
dass ich nicht auch ein u statt eines ü
oder ein o statt eines ö spreche
so wie nikola
  nikola ist mein schüler
ich habe ihn vor etwas mehr als einem jahr
in der adventzeit kennengelernt
er war erst kurze zeit davor aus serbien
als novize ins kloster gekommen
und konnte kaum ein wort deutsch
  wir haben ein paar worte gewechselt
damals noch auf englisch
und dabei habe ich erfahren
dass er - ein wenig auch auf eigenen -
aber viel mehr noch auf wunsch des abtes
deutsch zu lernen ins auge gefasst hat
  ich bin damals
kurz vor meinem pensionsantritt gestanden
und habe ihm kurzerhand in aussicht gestellt
ihn ab diesem zeitpunkt
diese für manche - so auch für mich -
sehr reizvolle sprache zu lehren
wenn er dies denn mit mir riskieren wolle
woraufhin ich ihn zum ersten mal

in seiner unvergleichlichen art
breit grinsen gesehen -
und nur so nebenbei bemerkt -
auch begeistert nicken gesehen habe
  am ende der feier habe ich mein angebot -
nach diesem ersten kennenlernen
schon mit der gewissheit
einen eifrigen schüler engagiert zu haben -
gerne und mit großer vorfreude bestätigt
und als ich das nächste mal
im kloster vorbeigekommen bin
ist mir von den anderen mönchen
sofort entgegengetragen worden
wie sich nikola gefreut hat
  ich habe einen lehrer ich habe einen lehrer
soll er jedem mehrmals -
damals zwar noch nicht auf deutsch
aber mit umso mehr begeisterung - erzählt haben
  seither sind einige monate vergangen
wir haben längst
unsere regelmäßigen deutschstunden
und noch viel regelmäßiger -
wenn diese grammatikalische unmöglichkeit
ausnahmsweise erlaubt ist -
den immer wieder
überraschenden situationen geschuldet
die das erlernen einer sprache verursachen kann
die lustigsten verständigungsprobleme
und aha-erlebnisse

denn nikola hat sich
nicht nur als interessierter eifriger schüler
sondern auch als richtige plaudertasche erwiesen
   am beginn jeder unterrichtsstunde
hat er zunächst einmal ziemlich viel zu erzählen
was nicht nur der unterhaltung
sondern auch
der vom lehrer unauffällig überwachten
sprachanwendung durch seinen schüler dient
wobei der fokus nicht vorrangig auf das thema
sondern eindeutig
auf eine möglichst korrekte ausdrucksweise
gelegt wird
   wie ist das nun mit der eigenen zeit
frage ich
   naja - die haben nicht österreichische zeit
meint er mit einem wunderschönen ö
nicht europäische zeit -
mitteleuropäische zeit - korrigiert er sich selber
auch nicht griechische zeit
die haben ihre eigene zeit
   ortszeit - frage ich
was ist ortszeit - kommt postwendend seine frage
   haben sie auf athos sonnenuhren
reagiere auch ich mit einer weiteren frage
die antwort auf seine frage
zunächst noch schuldig bleibend
   ja sie haben sonnenuhren
schöne sonnenuhren

und das ist des rätsels lösung
beginne ich die ausständige antwort nachzuholen
die zeit die eine sonnenuhr anzeigt
nennt man nämlich ortszeit
und die hat mit der zonenzeit
wie die mitteleuropäische eine ist
nichts zu tun
die ortszeit ist auf jedem meridian eine andere
in sankt andrä zum beispiel
haben wir zur mez -
also zur mitteleuropäischen zeit -
eine differenz von ca 8 min
   aber wir haben keine sonnenuhr
wirft nikola ein
die genannten details hingegen scheinen ihn
weniger zu interessieren
   das stimmt - dabei wäre hier am giebel
so ein schöner platz dafür
gebe ich ihm recht
und zeige auf die hausmauer
die von dem platz im garten aus
wo wir bei schönwetter
immer unsere lernstunde haben
wunderbar zu sehen ist
da würde sie bestens herpassen
ja - das ist wirklich ein schöner platz dafür
findet auch nikola
   unsere blicke schaffen es lange nicht
sich von der imaginären uhr an der wand zu lösen

und wir genießen unsere vorstellung
denn wir spüren beide
in diesem augenblick ist die idee
für eine eigene sonnenuhr für das kloster
geboren worden
   aber wer kann so etwas bauen
wer kennt sich mit sonnenuhren aus
fragt mein schüler mitleiderregend fast
ist aber sehr schnell wieder bestens gelaunt
als ich beginne
ihm von den beiden sonnenuhren zu erzählen
die ich schon gebaut habe
   und du meinst
dass das hier bei uns auch moglich ist
   möglich ist es schon - selbstverständlich
antworte ich
und vergesse vollkommen ihn zu korrigieren
   entschuldigung - möööglich
möglich wiederholt er und entschuldigt sich
gleich zwei weitere male
   das wäre wirklich möglich
professor du bist super
ich werde mit jerunda reden

   - - -

noch im august 2008

   das kloster ist an drei tagen in der woche

für besucher geschlossen
nicht für mich wenn ich mit nikola deutsch lerne
   das tor ist nur angelehnt weil ich erwartet werde
ich trete ein und schließe es hinter mir
nikola kommt mir mit ausgebreiteten armen
und freudiger botschaft entgegen
habe mit jerunda gesprochen
kriege ich noch vor der begrüßung -
einer umarmung und einem freundlichen
hallo-wie-gehts-gehts-gut-ja -
zu hören
   jerunda sagt er werde mit dir reden -
wegen der sonnenuhr
   ist er da - der abt
frage ich
   er wird später vorbeikommen
gibt nikola die botschaft seines chefs brav weiter
den unterricht mochte - möchte er nicht stören
   gut - dann beginnen wir
sage ich -
wohl wissend dass der unterricht heute trotzdem
vom thema sonnenuhr dominiert sein würde -
und verwickle meinen schüler sofort
in das erste grammatikalische problem
das er trotz maximaler ablenkung
überraschenderweise
konzentriert wie immer zu lösen versucht
   er hält sich trotz des -
dank seiner vermittlung -

zu erwartenden gesprächs mit dem abt
äußerst wacker
obwohl er selber es kaum noch erwarten kann
aber das wäre ihm partout nicht anzumerken
wenn er nicht jedes mal
wenn draußen schritte zu hören sind
sehr auf unauffälligkeit bedacht
aber doch merklich erwartungsfroh
zur tür schauen würde
ob es sich vielleicht schon um den abt handle
  die zeit vergeht um keinen deut schneller
nur weil irgendwo
irgendwer
irgendwas herbeisehnt
  das muss auch nikola zur kenntnis nehmen
aber umso mehr freut er sich
als der abt endlich doch in der tür steht
und höflich fragt ob wir schon soweit seien
  ja - sind wir
antwortet nikola wie aus der pistole geschossen
und grinst extra breit
als ich das ohne zögern bestätige
  wir wollten gerade schluss machen
sage ich und begrüße den abt
  wir kommen schnell zur sache
und sofort zeigt er sich -
wenig überraschend
weil ich ehrlich gesagt
nichts anderes erwartet habe -

an der idee dem kloster eine sonnenuhr zu geben
sehr interessiert
also spreche ich aus
was ich mir für diesen fall vorgenommen habe
und lade meine beiden freunde ein
meinen gelungenen erstversuch einer sonnenuhr
in meinem eigenen haus zu besichtigen

   - - -

03-09-2018

  und die funktioniert wirklich
du könntest mir jetzt tatsächlich sagen
wie spät es ist
fragt mich pater paisios - der abt -
nach eingehender betrachtung
der für ihn und nikola
teilweise nicht ganz verständlichen linien
und ziffern über dem torbogen
  es ist ganz einfach - sage ich -
zunächst noch mehr verunsichernd
dadurch aber noch neugieriger machend
es ist genauso spät wie es die uhr zeigt
  aber meine uhr zeigt etwas anderes
wirft der abt ein
  stimmt - erwidere ich
deine uhr zeigt die mitteleuropäische sommerzeit
während meine sonnenuhr die ortszeit zeigt

deine zeitanzeige ist eine künstlich festgelegte
die dagegen entspricht genau
der momentanen konstellation erde - sonne
lässt also die natürliche zeit
für den meridian erkennen auf dem st andrä liegt
man nennt sie daher wahre ortszeit
  aber was nützt mir diese zeit
wenn alle anderen uhren eine andere zeigen
bohrt er weiter auf eine nähere erklärung
während sich nikola
durch die anwesenheit seines chefs bedingt
im hintergrund hält
sein interesse aber nicht verbergen kann -
auch gar nicht will
  gute frage - trotzdem - oder genau dewegen
einfache antwort - bedanke ich mich für erstere
  die sonnenuhr zeigt in diesem moment
ziemlich genau 9 uhr 45
das entspricht heute - also am dritten September
ungefähr - einen moment bitte -
10 uhr 36 mitteleuropäischer sommerzeit
  nikola hat inzwischen seine uhr gezückt
und ist verblüfft
wortlos - aber mit einem grinsen
über das ganze gesicht zeigt er sie dem abt
der ist ebenso erstaunt
  ja ich weiß - sage ich
und komme damit
den unvermeidlichen weiteren fragen

meiner beiden besucher zuvor -
  ihr fragt euch jetzt wie das geht
und wenn ich es euch erkläre -
was ich sofort machen werde -
werdet ihr sicher sagen
das ist aber schon ein bisschen kompliziert
  aber man muss eigentlich nicht umrechnen
man kann es
aber man muss es nicht
es genügt wenn man weiß
die sonnenuhr zeigt die wahre ortszeit
und alle anderen uhren zeigen die zonenzeit
beide zeigen ihre zeit
wenn sich ihre hersteller bemüht haben
sehr genau
  aber der betrachter muss wissen
welche information er haben möchte
  wenn ich die mitteleuropäische zeit
kurz auch auch mez
oder mesz für sommerzeit genannt
wissen möchte
bin ich schlecht beraten
wenn ich auf die sonnenuhr blicke
da ist die mechanische uhr
die einfachere möglichkeit
obwohl man den angezeigten wert -
wie ihr gesehen habt - auch umrechnen kann
  wenn man sich mit sonnenuhren
ein wenig auskennt

ist es immer wieder lustig zu beobachten
wie zum beispiel touristen vor kirchen
oder schlössern stehen
und kopfschüttelnd - teilweise auch abfällig
bemerken wie ungenau diese uhren doch seien
sie sind tatsächlich der meinung
dass man es früher einfach nicht schaffte
die zeit genauer zu messen
   und warum sind sie dieser meinung
frage ich rhetorisch
und bekomme von meinen beiden freunden
die sehr interessiert zugehört haben
die antwort trotzdem wie aus einem munde
und aus der sprichwörtlichen pistole geschossen
   weil sie glauben
die sonnenuhr zeigt die zonenzeit
   gut aufgepasst - lobe ich sie
und entschuldige mich im nächsten augenblick
weil ich den lehrer in mir nicht verbergen konnte
   kein problem - meint der abt
aber verrate uns bitte trotzdem
wie man diese beiden zeiten umrechnet
   gern - sage ich
und erkläre ihnen möglichst verständlich
wie man für die umrechnung einfach nur
die geografische länge des jeweiligen ortes
die sogenannte zeitgleichung  *- siehe dazu 04-06-2019*
und eventuell die sommerzeit berücksichtigt
   das ist aber schon ein bisschen kompliziert

meint der abt
und schaut mich dabei herausfordernd an
  habe ich euch ja gesagt
falle ich prompt darauf herein
weil ich nicht sofort bemerkt habe
dass er mich nur zitiert
und stimme im nächsten augenblick
nach einem kleinen befreienden innerlichen aha
in ihr gelächter ein
  so weit so gut
kehrt der abt schließlich wieder zum thema zurück
die sommerzeit ist mir klar -
wir tun einfach so
als wäre es schon eine stunde später -
auch die auswirkung der geografischen länge
ist mir einigermaßen klar -
obwohl ich nicht weiß
wie groß bei uns hier in st andrä
die differenz zur mez ist -
aber die sogenannte zeitgleichung
die du da auch noch erwähnt hast
sagt mir rein gar nichts
  die geografische länge
ergreife ich wieder das wort
drückt aus wie weit ein ort vom nullmeridian
also von greenwich entfernt ist
st andrä liegt ca auf 17 grad östlicher länge
die mitteleuropäische zeit stimmt aber
mit dem 15ten östlichen meridian überein

das ergibt eine differenz von ca 8 minuten
   und warum sind das 8 minuten
will nikola wissen
   eine ganz einfache rechnung
erkläre ich weiter
man kann den erdumfang auf 360 grad aufteilen
und auch auf 24 stunden
so lange dauert eine umdrehung der erde -
nämlich einen tag
   wenn man nun diese 24 stunden
beziehungsweise die 1440 minuten
durch 360 grad dividiert
ergibt das pro längengrad 4 minuten
nachdem wir nun ziemlich genau 2 grad
vom 15ten längenkreis
also von der mez entfernt sind
ergibt das eine differenz von ca 8 min
   und weil sich die erde von ost nach west dreht
liegt die st andräer ortszeit
eben diese 8 min vor der mez
   als ich beide köpfe verständnisvoll nicken sehe
fahre ich fort
das ist aber noch nicht alles
denn nun kommt die zeitgleichung ins spiel
   und jetzt wirds wirklich ein bisschen kompliziert
meint der abt - stimmts
   stimmt - bestätige ich
aber nur wenn man die zeitgleichung
tatsächlich verstehen will

wenn man sich also dieses phänomen
das durch die kombination von rotation
präzession und revolution entsteht
wirklich vorstellen können will
nikola stöhnt
in der praxis reicht es aber
wenn man in der zeitgleichungstabelle
die von astronomen errechnet wird
nachschaut
und die weist für den dritten september 2018
einen wert von ca +1 min aus
nikola ist wieder erleichtert
   zusammen ergibt das eine differenz von +9 min
zur mitteleuropäischen zeit
und -51 min zur mesz
   aber wohlgemerkt
diese differenzen gelten nur für den heutigen tag
die zeitgleichung ändert sich
durch die bewegungen der erde täglich
und erreicht im laufe des jahres ein maximum
von über +16 min im november
und mehr als -14 min im februar
   die zeitgleichung ist übrigens
auf meiner sonnenuhr abzulesen
mit diesem hinweis beende ich die erklärungen
und zeige auf die entsprechende grafik
in der rechten oberen ecke der uhr
   wir machen das
sagt der abt plötzlich ganz entschlossen

und fragt mich ganz konkret
baust du uns im kloster eine sonnenuhr
  gern - sage ich ebenso entschlossen
aber das wird lustig
denn dann gibt es im kloster
zwei verschiedene zeiten
und es könnte sein dass sich deine mönche
sollten sie einmal zu spät zur messe kommen
einfach auf die jeweils passende zeit ausreden
  ach - die kommen auch so manchmal zu spät
scherzt der abt schlagfertig
aber die sonnenuhr
ist hiermit beschlossene sache

   - - -

10-09-2018

  ich habe einen ersten entwurf gezeichnet

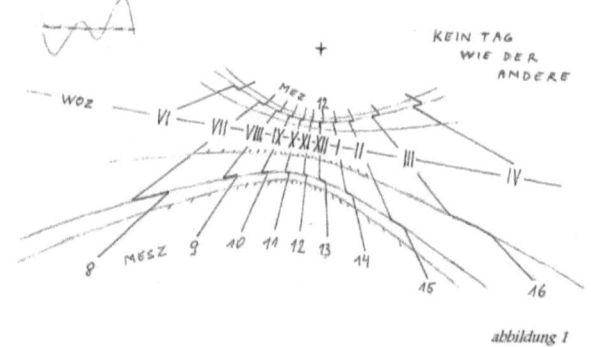

*abbildung 1*

   die gegebenheiten
an der infrage kommenden wand
sind so dass eine balkontür den platz für die uhr
zwar nach unten begrenzt
rechts und links aber sehr viel platz bleibt
  es bietet sich also an
die linien auf der ebenflächigen mauer
quasi um die tür herumlaufen
und sie einfach irgendwo enden zu lassen
  ich möchte für diese uhr unbedingt auch
die wichtigsten datumslinien festlegen
die in hyperbelform
mit ihren offenen enden
in den sommermonaten hinunter
und in den wintermonaten hinauf gewölbt sind
die tag- und nachtgleiche dagegen
wird eine gerade linie sein
auf der die wahre ortszeit
in römischen ziffern abzulesen sein wird
darüber ist die mitteleuropäische zeit vorgesehen
und darunter die dazugehörige sommerzeit
somit wird man an dieser uhr
gleich drei verschiedene zeiten ablesen können
was aber nicht heißt
dass man deswegen die zeitgleichung
außer acht lassen könnte
  außerdem ist links oben
besagte zeitgleichung grafisch dargestellt
die die jeweiligen differenzen zwischen der wahren

und der mittleren ortszeit angibt
  der abt ist nicht da
er nützt die montage meistens
um mit dem metropoliten in wien
gespräche zu führen
  ich zeige den entwurf
einigen der anwesenden mönche
sie sind begeistert
  vor allem nikola
aber gleichzeitig ist er auch traurig
weil er heute wieder um eine verlängerung
seiner aufenthaltsgenehmigung ansuchen muss
und diese ungewissheit
um die entscheidung darüber
macht ihn sichtlich nervös
  wird schon klappen
versuche ich ihn zu beruhigen
komm mit
wir haben etwas wichtiges zu tun
  er und pater arsenios kommen mit mir mit
wir vermessen die mauer und stellen dabei fest
dass sie gerade in dem bereich
in dem die sonnenuhr angebracht werden soll
nicht exakt senkrecht ist
was aber unbedingt erforderlich ist
  das muss behoben werden
erkläre ich den beiden
sonst funktioniert die zeitmessung
nicht das ganze jahr über so genau

wie man sich das von ihr erwartet
  machen wir - meinen die mönche
auf die ihnen eigene art so selbstverständlich
dass ich überhaupt keinen zweifel
an der verwirklichung dieses projekts haben kann
  später zuhause überlege ich mir
die auswirkungen dieses messergebnisses
  weil die mauer nun
durch auftragen einer mörtelschicht
erst gerade gemacht werden muss
wird später
ganz im gegensatz zu der momentanen situation
ein streng abgegrenztes feld zu sehen sein
die sonnenuhr wird also eine art rahmen erhalten
  mein erster entwurf der uhr
ist aber für eine nicht eingegrenzte fläche
entstanden
also zeichne ich einen zweiten

    - - -

17-09-2018

  alles in ordnung
frage ich nikola gleich in die begrüßung hinein
  jjja - äußert er sich
halb antwortend halb fragend
  aber ich weiß gar nicht was du meinst professor
  ich meine das

was dich in letzter zeit am meisten beschäftigt hat
versuche ich ihn auf die richtige spur zu bringen
  die sonnenuhr
fragt er ohne zu zögern
  nein - ich meine deine aufenthaltsgenehmigung
rücke ich schließlich heraus
  ach so - die
reagiert er fast ein wenig enttäuscht
dass ich diese
für ihn derzeit zweifellos wichtigste sache
aus objektiver sicht
über seine geliebte uhr stelle
  ja - alles in ordnung
bestätigt er endlich
und ist sofort wieder bei der anderen sache
  nimm platz - professor
ich sage jerunda bescheid
damit du ihm die zeichnung zeigen kannst
  ohne eine reaktion abzuwarten
ist er auch schon weg
also setze ich mich hin
und lege die mappe mit den entwürfen bereit
  als der abt und nikola eintreten
halte ich gerade den zweiten plan
in der hand
  wunderbar
zeigt sich der abt sofort begeistert
  ich lege die beiden zeichnungen nebeneinander
um sie direkt vergleichen zu können

doch der abt hat sich bereits festgelegt
er findet den zweiten entwurf ansprechender
weil er mit der deutlichen umrahmung
und den großen römischen ziffern
ganz wie eine klassische sonnenuhr gestaltet ist
während die erste version
zu modern anmutet
wie er meint

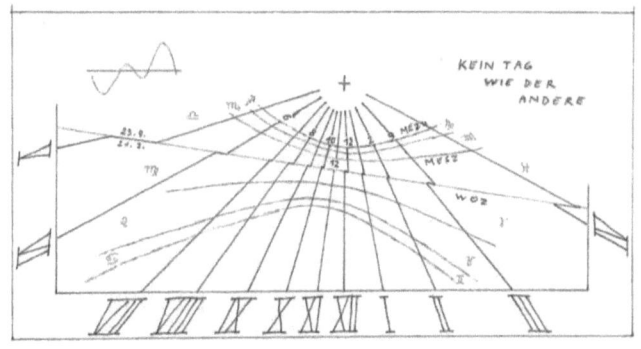

*abbildung 2*

  ganz besonders angetan aber
ist er von den datumslinien
mit den symbolen der tierkreiszeichen
    sehr schön - sehr schön
lässt er immer wieder hören
und auch der spruch
kein tag wie der andere
sehr schön
    wie bist du auf ihn gekommen
möchte er wissen

das ist eigentlich sehr naheliegend
beginne ich ihm meine gedanken
zu den entwürfen
die schließlich zu diesem spruch geführt haben
darzulegen
   der gnomon dieser uhr - also der schattenwerfer -
wird an einer bestimmten stelle
eine kugel aufgesetzt bekommen
   betrachtet man nun
die wanderung des schattens dieser kugel
wird man feststellen
dass er an jedem tag des jahres
eine andere linie über das zifferblatt zieht
nämlich die jeweilige datumslinie
jeder tag hat seine eigene
sozusagen seine individuelle linie
ganz im gegensatz zu einer mechanischen uhr
deren zeiger vollkommen gleichförmig
tag für tag ihre immer gleichen runden drehen -
immer im kreis herum
in immer gleicher geschwindigkeit
und immer auf derselben bahn
   die sonnenuhr aber zeigt uns
es gibt keine zwei tage die gleich sind
es ist
kein tag wie der andere
         - - -
   ich mache ganz unbewusst eine kleine pause
und nehme einen schluck vom tee

den mir nikola
für jede unserer deutschstunden bereitstellt
  das ist eine großartige beobachtung
meint der abt nach einigen augenblicken
und dieser spruch
bringt das ganze auch sehr schön auf den punkt
allerdings - - -
  ja - ermuntere ich ihn
seine bedenken oder zweifel ungeniert zu äußern
  naja - ich finde es wirklich großartig
der spruch passt tatsächlich beinahe perfekt
  beinahe - frage ich
mit einem zwar nur leichten
aber nicht beabsichtigten
und sofort bewusst werdenden stirnrunzeln
  ich meine es nicht als kritik
entschuldigt sich der abt sofort
und bitte korrigiere mich wenn ich es falsch sehe
aber der spruch -
so gut er mir auch gefallen mag -
gilt doch genaugenommen nur für ein jahr
denn im jahr darauf
sind doch die gleichen linien zu beobachten
oder -
es hat doch jeder erste jänner dieselbe linie
ebenso wie jeder zweite
und jeder andere tag des jahres
sehe ich das richtig
  auf den ersten blick könnte man das meinen

gebe ich ihm teilweise recht
aber nur auf den ersten
denn schon der zweite blick
bringt wieder die zeitgleichung ins spiel
und damit sieht die sache
schon wieder ganz anders aus
  ach ja - die zeitgleichung
erinnert er sich
ich weiß zwar noch immer nicht was das ist
aber jetzt fällt mir ein
dass wir doch schon einmal
davon gesprochen haben - stimmts
  stimmt - bestätige ich
die zeitgleichung ist die differenz
zwischen der wahren und der mittleren ortszeit
und diese differenz ist jeden tag eine andere
die zeitgleichung muss auch jedes jahr
neu errechnet werden
es ist also nicht so
dass jeder erste jänner
ebenso wie jeder zweite
oder jeder andere tag des jahres
jahr für jahr
immer dieselbe abweichung
zur mittleren ortszeit aufweist
sondern im gegenteil -
die werte der zeitgleichung
verschieben sich ständig
und das bedeutet

dass tatsächlich jeder tag ein anderer ist
  seit sich die erde dreht
war noch kein einziger erdentag
wie irgendeiner davor
die natur kennt keine gleichmäßigkeit
die natur kennt nur veränderung
kein tag wie der andere
  das ist krass
platzt es pater arsenios heraus
krass ist sein lieblingskommentar
zu dingen die ihm besonders gut gefallen
er ist während der letzten sätze
zur runde gestoßen
und begrüßt mich nun herzlich wie immer
indem er mich fest an sich drückt
  ich wollte nicht stören - entschuldigung
sagt er dann und setzt sich zu uns
  hast du aber - ätzt nikola scherzhaft
aber sein mitbruder
der weiß wie es gemeint ist
reagiert gar nicht darauf
  ich finde das wirklich krass - martin
betont er nocheinmal
auf welche gedanken
dich eine sonnenuhr bringen kann
  du findest es also krass - ja
fragt nikola und grinst dabei spitzbübisch
arsenios will ihn mit strengem blick
der ihm aber nicht gelingt

maßregeln
also legt er den zeigefinger seiner rechten hand
an die lippen und deutet ihm damit
ruhig zu sein
  den meisten menschen ist das nicht bewusst
aber in der tat
du hast recht damit
führt der abt wieder auf das thema zurück
es kann genau genommen
gar keine zwei gleichen tage geben
  sonnenuhren laden zur muße ein
zum nachdenken
zum meditieren
zum philosophieren
ergänze ich in richtung arsenios
mechanische uhren dagegen
erzeugen immer unruhe
  sie haben ja die unruh in sich
bemerkt der abt
  was meint ihr damit - jerunda
fragt arsenios neugierig
  doch bevor der antworten kann
stichelt nikola wieder schelmisch
du wolltest doch nicht stören - pater arsenios
  will ich auch nicht
rechtfertigt sich dieser
ich will nur wissen was damit gemeint ist
dass diese mechanischen uhren
die unruhe in sich haben

nicht die unruhe - die unruh
klärt ihn der abt auf
die unruh ist ein teil des uhrwerks
und zwar jener
der für die ganggenauigkeit der uhr
verantwortlich ist
der das uhrwerk möglichst gleichmäßig
im kreise drehen lässt
  bei den allerersten mechanischen uhren
hat man diese einrichtung
übrigens noch unrast genannt
    - - -
  ist das nicht unglaublich - denke ich mir
wirklich treffend
ein schönes bild
und es ist richtiggehend unfassbar -
richtiggehend - was für ein
von der mittlerweile
zur selbstverständlichkeit gewordenen
allgegenwart der mechanischen uhr geprägtes
und genaugenommen unnötiges wort -
  es ist also unfassbar
welche genauigkeit man inzwischen
bei modernen uhren schon geschafft hat
faszinierend
aber andererseits auch erschreckend
wie sehr man sich mit dieser entwicklung
von der natur schon entfernt
und sich in die abhängigkeit

von diesen künstlichen zeitmessgeräten
begeben hat
   wir streben nach immer größerer genauigkeit
wir investieren in immer exaktere abläufe
wir bewundern die immer verlässlicher
werdende regelmäßigkeit
in allen unseren lebensbereichen
wir denken
wir urteilen
wir messen nur mehr in tausendsteln
zehn-
hunderttausendsteln
und noch viel kleineren einheiten
wir leben inzwischen
in einem richtigen genauigkeits-
und regelmäßigkeitswahn
und die mechanische uhr ist das symbol dafür
sie erweckt in uns den eindruck
sie - und nicht die natur
würde die zeit vorgeben
jeder tag würde daher gleich ablaufen
und sonnenauf- und unter-
sowie alle anderen natürlichen vorgänge
hätten sich gefälligst nach ihr zu richten
und nicht umgekehrt
   wenn man die natur nicht mehr bemerkt
wenn man sich nicht mehr mit ihr beschäftigt
könnte man tatsächlich diesen eindruck haben
   die natur dagegen -

und damit auch die sonnenuhr -
hält nichts von regelmäßigkeiten
und identischen abläufen
von verlässlich wiederkehrenden
und immer gleichbleibenden ereignissen
in ihr ist jeder vorgang einzigartig
  bei vielen menschen aber geht diese
mittlerweile als selbstverständlich angenommene
erwartung bezüglich regelmäßigkeit
heutzutage schon so weit
dass sie sich vom neuen tag
gar nichts mehr erwarten
  ist doch eh immer das gleiche
hört man sie sagen
wenn es nur schon wieder abend wäre
wenn nur die woche schon wieder um wäre
  diese einstellung -
nicht zuletzt auch bedingt
durch dieses kleine technische gerät
namens mechanische uhr
führt dazu dass sie jedem neuen tag
mit missmut begegnen
  morgen muss ich wieder aufstehen
klagen sie
weil sie meinen genau zu wissen
dass der nächste tag
nichts unvorhersehbares bereithalten könne
anstatt sich darauf zu freuen
weil es eigentlich nichts schöneres gibt

als den anbruch eines neuen
fast könnte man sagen
unschuldigen tages
der alle möglichkeiten offen lässt
der einen durch seine
jedesmal überraschende schönheit
sofort wieder vergessen lässt was gestern war
der verzaubert
und kein verständnis dafür hat
dass jemand hektisch auf die uhr blickt
und nichts anderes zu sagen weiß als
schon wieder sechs uhr
ich muss mich beeilen sonst komme ich zu spät
  vielleicht auch aus einer gewissen angst
vor diesem hektischen tagesbeginn
bleibt man immer länger bei künstlichem licht
und virtuellen erlebnissen auf
sperrt die natur aus
und freut sich immer weniger auf den nächsten tag
man sieht ihn auch gar nicht mehr als neuen tag
sondern nur mehr als einen nächsten
der immer gleichen tage
  die freude
die lebensfreude
die freude darüber
täglich einen neuen tag erleben zu dürfen
weicht dem gefühl
die tage ertragen zu müssen
in einem countdown gefangen zu sein

in dem verweilen
genießen
bewundern
nicht gestattet ist
- - -
  mechanische uhren nehmen uns die natur weg
sie befördern uns quasi in eine künstliche welt
denn während die wahre ortszeit
eine geografische tatsache ist wie zum beispiel
der nordpol oder der südpol
ist die zonenzeit
die uns so selbstverständlich erscheint
eine frei erfundene
die auch ganz anders aussehen könnte
  warum verläuft der nullmeridian
durch greenwich
seine festlegung erfolgte willkürlich
als man die zonenzeit
durch eine internationale vereinbarung
während der meridiankonferenz 1884
in washington einführte
  bis dahin hatten die länder verschiedenste -
nach der ortszeit ihrer hauptstädte
festgelegte zeiten
  zur auswahl standen damals auch
paris
ferro - kanarische inseln
die azoren
und die beringstraße

wäre damals zum beispiel paris
als sieger aus der abstimmung hervorgegangen
würden bei uns heute die mittagsglocken
nach der jetzt gültigen zonenzeit
um 11 uhr 50 und 36 sekunden läuten
   trotzdem meint der großteil der menschen
die mitteleuropäische zeit -
obwohl es diese erst seit 1884 gibt -
sei die *wirkliche* zeit
und interessiert sich gar nicht für die ortszeit
   der mensch ist ja überhaupt ein seltsames wesen
er nimmt die naturgesetze nicht ernst
demonstriert gegen den klimawandel
demnächst vielleicht auch gegen die schwerkraft
erachtet aber gesetze -
beschlossen von welcher regierung auch immer -
als unabänderlich
   wirklich seltsam - wie sehr wir uns
trotz aller unzulänglichkeiten und nachteile
auf künstliches fixieren
   für die meisten scheint das aber
kein problem zu sein
   oder gibt es probleme vielleicht nur dann
wenn man über sie nachdenkt
kommt es mir plötzlich in den sinn
   möglich - denn scheinbar ist ja auch
die akustische komponente mechanischer uhren
im allgemeinen keine erwähnenswerte sache
dabei kann daraus sehr wohl ein problem entstehen

   die uhr tickt immer gleich dahin
dieses ständig gleiche
eintönige
nervige
rücksichtslose
schreckliche ticken der uhr
wirkt in manchen fällen wie ein folterinstrument
und kann auch tatsächlich krank machen
menschen die
aus welchen gründen auch immer
allein in ihren zimmern sitzend oder liegend
über jahre vielleicht
diesem geticke ausgesetzt sind
nichts anderes mehr zu hören bekommen
als diesen immer gleichen
nicht mehr aus dem wahrnehmungsbereich
zu kriegenden künstlichen pulsschlag
sind gleichsam einer folter ausgesetzt
steter tropfen höhlt den stein
ist unerträglich
macht verrückt
treibt in den wahnsinn
   karl may beschreibt in einem seiner reiseromane
wie man einem gefangenen den kopf fixiert
und über seinem kahlgeschorenen schädel
eine vorrichtung anbringt
aus der in völlig gleichmäßigen abständen
wasser auf ihn tropft
immer auf die gleiche stelle

weil er den kopf ja nicht bewegen kann
immer in gleicher intensität
immer im gleichen rhythmus
tropfen für tropfen
  was am beginn so harmlos anmutet
wird mit zunehmender dauer
allein durch die unbeirrbare regelmäßigkeit
der auf ihn fallenden wassertropfen
so unerträglich
dass er es schließlich nicht mehr aushält
und dem wahnsinn nahe alles gesteht
was man von ihm wissen will
  das ticken der uhr
kann in manchen situationen
auf die gleiche weise wirken
  in der natur gibt es so etwas nicht
hier gibt es ständig eine unglaubliche vielfalt
an sinneseindrücken
und selbst scheinbar immer gleiche abläufe
wie die wellen
die ans ufer laufen
oder die winde
die durch die wipfel blasen
sind bei genauerem hinhören
in jeder phase entspannung
erholung pur
und machen gleichzeitig neugierig
neugierig auf jede neue welle
auf jeden neuen luftstoß

auf jeden neuen tag
  denn tatsächlich ist kein tag wie der andere
seit das universum besteht
ist jeder neue tag wirklich ein neuer
noch nie gab es einen tag
der genauso war wie irgendeiner davor
  die sonnenuhr zeigt das
allein schon dadurch
dass der schatten jeden tag
einen anderen lauf nimmt
jedem der sich mit ihr beschäftigt eindrucksvoll
weil sie dadurch auch
die neugierde auf jeden neuen tag weckt
weil sie zum nachdenken anregt
weil sie uns bewusst macht
dass wir trotz allen technischen fortschritts
noch immer teil einer natur sind
die jeden tag
staunen
bewunderung
und ehrfurcht hervorruft
    - - -
  ist das nicht unglaublich - sage ich
und wundere mich
als in in die runde blicke
über die ebenfalls verwunderten
fast verstörten gesichter der mönche
als hätte ich irgendetwas unpassendes gesagt
  was findest du unglaublich fragt der abt

was - frage auch ich
entschuldige
ich war wahrscheinlich kurz in gedanken

- - -

20-09-2018

  nikola gefallen die tierkreiszeichen nicht
er sagt besucher könnten meinen
sie - die mönche - glaubten an astrologie
der erste entwurf gefällt ihm auch deswegen besser
weil die uhr nicht eingegrenzt ist
die linien - vor allem die datumslinien
verlieren sich einfach irgendwo an der wand
nikola sieht das als symbol für die ewigkeit
  da ist kein anfang und kein ende zu sehen
meint er
die linien tauchen irgendwo auf
und verschwinden plötzlich wieder
kein anfang und kein ende
  auch mir gefällt dieser gedanke sehr gut
aber es wird schließlich wohl am abt liegen
welcher entwurf letztlich zur ausführung
gelangen wird
  wir werden wahrscheinlich noch sehr viel
über unser projekt reden
bis es auch tatsächlich verwirklicht werden kann
  als gnomon werde ich übrigens

einen edelstahlstab nehmen
er hat nicht nur den vorteil nicht zu rosten
sondern seine qualität ermöglicht auch
einen schlankeren stab
und dadurch einen dünneren genaueren schatten

- - -

25-09-2018

  heute habe ich den gnomon
und die dazugehörige edelstahlkugel besorgt
ich möchte gerüstet sein
wenn die vorbereitungsarbeiten
an der hausmauer getan sind
obwohl sich langsam abzuzeichnen beginnt
dass im heurigen jahr
wohl nichts mehr daraus wird
zu viele andere arbeiten
die nicht so leicht aufzuschieben sind
wie die sonnenuhr
stehen im kloster noch an
  aber mich drängt nichts
es ist überhaupt kein problem
wenn wir möglicherweise
erst im nächsten jahr beginnen sollten
denn gerade die sonnenuhr -
die eigentlich nichts anderes zu tun hat
als uns den unaufhaltsamen ablauf der zeit

bewusst zu machen -
erzieht uns gleichzeitig auch dazu
uns davon nicht verrückt machen zu lassen

    - - -

18-10-2018

  wann müssten wir spätestens beginnen
wenn du heuer noch etwas machen willst
fragt mich arsenios
  ich erkläre ihm dass es eigentlich
nur um die linie der wintersonnenwende gehe
aber auch das nicht unaufschiebbar sei
und ich mich generell
vollkommen danach richten könne
wie sie mit ihren anderen projekten vorankommen
  sollte es sich also ausgehen
dass die mauer für die anbringung des gnomons
noch vor dem 21sten dezember fertig wäre
könnten wir besagte linie festlegen
ansonsten würden wir eben den winter abwarten

    - - -

06-02-2019

  gestern bin ich aus lanzarote zurückgekehrt
und nun erkundige ich mich

ob unsere deutschstunde am nächsten tag
planmäßig stattfinden könne
  ooooch professor
was soll ich dir sagen
so viel arbeit - so wenige hände -
nur hektik im kloster
  hektik - im kloster
frage ich gespielt erstaunt
geht man nicht deswegen ins kloster
um dort zur ruhe zu kommen
  schallendes gelächter
am anderen ende der kabellosen leitung
gibt mir eine deutlichere antwort
als es meines schülers worte imstande wären
  ok - ich verstehe - sage ich
ich melde mich dann wieder
wenn ich vom schiurlaub zurück bin
  du fahrst schon wieder weg
fragt nikola und entschuldigt sich
für den entfall der deutschstunde
  du fährst - korrigiere ich
nein - ich fahre nirgends hin
missversteht nikola und ich bin mir nicht sicher
ob absichtlich oder unabsichtlich
denn er ist immer für einen scherz zu haben
  es heißt - du fährst
versuche ich es trotzdem weiter
  wer sagt das - ich fahre wirklich nicht weg
bleibt auch mein schüler hartnäckig

zweite person singular präsens aktiv indikativ -
wir besprechen das das nächste mal
versuche ich ihn spaßhalber zu schockieren
   ja professor - mussen wir unbedingt
herzliche gruße an deine frau
melde dich wenn du wieder zuruck bist
   mache ich - tschuß
sage ich betont deutlich
und genieße sein neuerliches gelächter
bis er auflegt
   es ist tatsächlich viel zu tun im kloster
den ganzen winter über wurde im keller ein raum
mit wunderschönen steinmauern ausgestaltet
nun wird ein kamin gebaut
und der fußboden neu verlegt
daneben hat man begonnen
den haupteingang zu verlegen
und baut dafür ein großartiges steinernes portal
mit rundbogen
und anderen architektonischen besonderheiten
   da kann die sonnenuhr
ruhig noch ein wenig warten
vor allem weil ich aus dem schiurlaub
mit einer hartnäckigen verkühlung zurückkomme
und auch der abt unerfreulicherweise
eine länger andauernde schmerzhafte distanz
zu seiner persönlichen gesundheit
akzeptieren muss
   wie jedes jahr ist also auch heuer

sehr viel hoffnung auf das frühjahr gerichtet

   - - -

04-03-2019

  arsenios empfängt mich im kloster
er scheint schon auf mich gewartet zu haben
denn sofort teilt er mir freudig mit
dass die mauer demnächst
also in den nächsten zwei wochen
vorbereitet werden würde
  gute nachricht - sage ich
dann sollten wir uns vielleicht
den neuen entwurf ansehen
ist der abt da
  ich gebe ihm bescheid - beeilt sich arsenios
meinem wunsch sofort nachzukommen
  nach dem unterricht
rufe ich ihm hinterher
und widme mich meinem schüler
der während des gesprächs dazugestoßen ist
und seinen stolz über das anlaufen des
auch von ihm zu einem
nicht unwesentlichen teil mitiniierten
projekts
nicht verbergen kann
  natürlich zeige ich ihm den plan
und er sich sehr begeistert

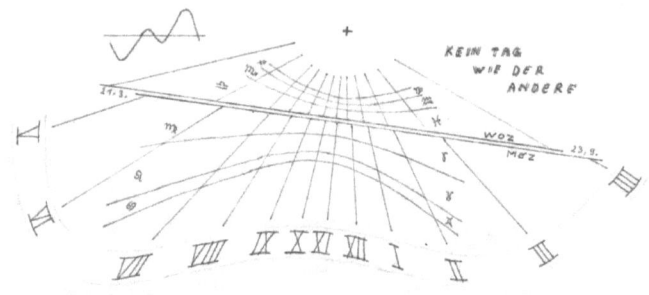

*abbildung 3*

  ich habe hier elemente aus dem ersten
und aus dem zweiten entwurf
zu einem neuen geformt
erkläre ich ihm
und die tag-nacht-gleiche-linie
ist nun zu einer deutlichen trennlinie geworden
zwischen mez und wahrer ortszeit
  auch dem abt gefällt der neue entwurf
von allen bisherigen am besten
sodass wir die entscheidung darüber
wie die uhr nun tatsächlich aussehen solle
als gefällt betrachten können
  abschließend spreche ich noch
die ausführung des künstlerischen teils
der arbeiten an
und wir kommen schnell auf pater theoklidos
dem ikonenmaler des klosters zu sprechen
  wir werden bei gelegenheit

mit ihm darüber reden - meint der abt
er wird es sicher gern machen

   - - -

14-03-2019

   nikola zeigt mir ganz stolz seine tomatenzucht
er hat die pflanzen in einem zimmer
in kleinen bechern angebaut
funfundsiebzig stuck
   wie viele - frage ich
funfundsiebzig - sagt er
funfundsiebzig - frage ich noch einmal
ja funfundsiebzig stuck - sagt er
   ich schüttle ungläubig den kopf
du glaubst mir nicht - professor
meint er etwas verunsichert
   nein - sage ich
ich glaube es sind fünfundsiebzig stück
   schon wieder - meint er lachend
du legst mich immer wieder herein - professor
   ich leg dich nicht herein - rechtfertige ich mich
ich bin dein deutschlehrer
ich bringe dich auf die richtige spur
hereinlegen würde bedeuten
dass ich dich bewusst in einen fehler tappen lasse
aber ich mache genau das gegenteil
ich korrigiere dich

ich weiß - professor - war nur ein scherz
danke - dass du mich darauf aufmerksam machst
  kein problem - sage ich - deswegen bin ich ja da
wie geht es dir übrigens mit der fastenzeit
es ist nämlich witzig
du bist der gärtner hier im kloster
und als solcher hast du immer
mit lebensmitteln zu tun
trotzdem musst du fasten
wie lange hast du jetzt schon nichts mehr gegessen
  drei tage - antwortet er - drei tage
habe ich jetzt nichts gegessen und nichts getrunken
  auch nichts getrunken - frage ich erstaunt
und wie geht es dir
  sehr gut - ich fühle mich sehr gut - meint er
aber dieses ganz strenge fasten ist schon vorbei
heute haben wir schon fruhstuck gehabt
  jetzt musst du mir noch etwas erklären - nikola
mache ich es spannend
gehört das auch zur fastenzeit
dass du alle ü weglässt
wenn das so ist
dann warten wir diese zeit einfach ab
dann müssen wir jetzt gar nicht darüber reden
  nikola blickt mich erwundert an
habe ich schon wieder einen fehler gemacht
  wie hat dir das fruhstuck geschmeckt
antworte ich einfach mit einer gegenfrage
  aaah - jetzt fällt es mir auf - lacht er

es ist komisch - wenn du fruhstuck sagst
klingt es falsch
aber wenn ich es sage fällt es mir gar nicht auf
wie kommt das
  wie es kommt soll uns nicht so sehr beschäftigen
wie die frage
wie geht es wieder weg
  ja wie geht es wieder weg
steigt nikola sofort in das wortspiel ein
  du musst einfach daran denken
eine andere möglichkeit gibt es leider nicht
muss ich ihn enttäuschen
  ich weiß - gibt er sich einsichtig
ich denke zu wenig mit beim reden
es fällt mir selber auf
ich rede inzwischen schon so selbstverständlich
in dieser sprache
dass ich gar nicht mehr mitdenke
  und damit sind wir wieder mitten im unterricht
leite ich über
und beginne mit ihm die vorgesehene übung
  nach kurzer zeit läutet sein telefon
nikola blickt auf das display
überlegt einen augenblick lang
und wirft dann den anrufer aus der leitung
  er hat noch nicht in die übung zurückgefunden
da läutet sein telefon erneut
  du kannst ruhig abheben - ermuntere ich ihn
ich kenne ihn nämlich inzwischen gut genug

um zu wissen
dass ihm eine derartige störung des unterrichts
auch wenn es sich
um einen wichtigen anruf handeln sollte
äußerst unangenehm ist
  und es scheint dieses mal tatsächlich
etwas nicht ganz unwichtiges zu sein
denn er kommt meiner aufforderung
zwar mit mehrmaligem entschuldigen
aber doch ohne weiteres zögern nach
  das telefonat ist nur kurz
und ich kann seinen spärlichen wortmeldungen
die meistens nur aus einem ja oder mhm bestehen
nicht entnehmen worum es geht
aber ich merke trotzdem dass es richtig war
das gespräch anzunehmen
  tut mir sehr leid - professor
entschuldigt sich nikola noch einmal
als er aufgelegt hat
aber ich bin heute alleine hier
  wenn du etwas anderes zu tun hast
können wir den unterricht ruhig abbrechen
das ist kein problem
  wirklich - fragt er - es macht dir nichts aus
danke professor
  schon ok - nikola - du bist kein pflichtschüler
wir sehen uns dann einfach am montag wieder
  es ist nämlich so - kann er nicht umhin
sich noch einmal zu entschuldigen

dass wir derzeit einfach zu wenige mönche
hier im kloster sind
aber damianos kommt wieder zurück
kannst du dich noch an ihn erinnern
fragt er mich
  ja natürlich - reagiere ich fast ein wenig empört
wie sollte ich mich nicht mehr erinnern können
er war doch auch mein schüler - so wie du
  aber warum kommt er wieder
gefällt es ihm auf athos nicht
  das kann ich mir nicht vorstellen - meint er
athos gefällt jedem - alle wolle nach athos
aber es gibt nicht platz genug dort für alle
aber was pater damianos betrifft
ist die frage nicht wie es ihm dort gefällt
denn er kommt nur für einige wochen zu uns
nämlich zu besuch
  ja ja athos - fährt er fort
ich kann auch nicht einfach sagen
ich will nach athos
  du kannst auf gar keinen fall dorthin
unterbreche ich ihn
  warum nicht - fragt er erstaunt
na soll ich etwa zweimal die woche
nach griechenland reisen
  du meinst wegen der deutschstunde - fragt er
und lacht schallend
  beim hinausgehen stelle ich fest
dass die mauer für die uhr

noch immer nicht vorbereitet ist
aber darüber verliere ich kein wort


- - -


17-03-2019

  auf dem weg zum flughafen ereilt mich eine sms
ich bin nicht in eile - sie schon
  trotzdem denke ich mir
als ich sehe dass sie von nikola kommt
das hat wahrscheinlich doch keine eile
und ich überlege wieder einmal
ob ich auf dem gleichen weg antworten
oder sofort das gespräch wählen soll
weil ich ja - auch ohne die sms zu lesen - weiß
dass es sich genau darum dreht
  er möchte mich anrufen
fragt aber aus rücksicht auf die tageszeit
eigentlich aus rücksicht auf mich
denn der tageszeit ist es vollkommen egal
zunächst einmal per sms an
  schließlich entscheide ich mich doch
für die ein-wort-mitteilung
jederzeit
und warte ab
  es dauert nicht lange bis das telefon läutet
ich hebe ab und begrüße ihn mit den worten
warum nicht gleich

weil es schon spät ist - professor
ich dachte du schläfst schon
   aha - sage ich provokant
und weil du dachtest ich schlafe schon
hast du mir eine sms geschickt
   das erinnert mich an folgenden witz
ein ehepaar hat gestritten
   beim schlafengehen -
er muss am nächsten morgen früh auf -
legt er ihr einen zettel auf ihr nachtkästchen
weck mich um 6 uhr
   als er aufwacht sieht er
dass es schon halb acht ist
wütend springt er aus dem bett
da findet er ebenfalls einen zettel
auf seinem nachtkästchen
aufstehen - es ist 6 uhr
   schallendes gelächter am anderen ende
ja ich weiß - professor - es ist unlogisch
aber schließlich ist es ja schon spät
bist du um diese zeit immer noch auf
wann gehst du normalerweise schlafen
   eher spät - antworte ich
zwar nicht so spät wie junge menschen
aber auch nicht so früh wie alte
ich bin ja auch nicht mehr der jüngste
   doch du bist noch jung - widerspricht nikola
war das jetzt ein kompliment oder eine lüge
frage ich ihn

   die wahrheit - meint er schlagfertig
*das* war jetzt aber eine lüge - sage ich
was ist der grund deines anrufes
   erstens - beginnt er spannend
kann die deutschstunde morgen nicht stattfinden
weil ich nach wien fahren muss
und zweitens - die mauer ist fertig
du kannst sie morgen besichtigen
   zweiteres ist eine gute nachricht
und ersteres werden wir verkraften
sowohl nikola als auch ich

     - - -

18-03-2019

   das kloster erscheint mir menschenleer
als ich es durch den gerade in bau befindlichen
neuen haupteingang betrete
   sehr unwahrscheinlich
dass überhaupt niemand da ist - denke ich mir
da bemerke ich nestor - einen der arbeiter -
der mich - als auch er mich wahrnimmt -
sofort zum objekt meiner neugierde führt
und mir stolz die für die sonnenuhr
umgestaltete mauer zeigt
   gute arbeit - lobe ich ihn
da kann ich ja am mittwoch den stab
ganz planmäßig montieren

  grüß dich - martin - taucht nun auch raphael auf
ich höre gerade - du wirst am mittwoch
den stab montieren
ich habe mich schon ein paarmal gefragt
was wohl der grund dafür ist
dass du das für diesen bestimmten tag geplant hast
kannst du mir das sagen
  natürlich - es ist ja kein geheimnis
im gegenteil - ich freue mich doch
wenn jemand interesse dafür zeigt
versichere ich ihm
  und es ist ganz einfach
den stab kann ich eigentlich
an jedem beliebigen tag montieren
die einzige voraussetzung dafür ist
dass zu mittag die sonne scheint
denn nur dann kann ich den stab richtig
das heißt im entsprechenden winkel positionieren
  aber ich habe den zeitpunkt deswegen so gewählt
weil heuer am 20sten märz knapp vor mitternacht
frühlingsbeginn ist
und an diesem tag kann ich dann gleich beginnen
eine wichtige linie zu markieren
nämlich die tag-nacht-gleiche
  interessant - aber warum ist diese linie so wichtig
erkundigt sich raphael weiter
  nun - diese linie
fahre ich mit meiner erklärung fort
zeigt diese zwei tage im jahr

an denen tag und nacht gleich lang sind
und zwar sind das der herbstbeginn
am 23sten september
und eben der frühlingsbeginn
der heuer auf den 20sten märz fällt
  siehst du die kugel
die auf dem schattenwerfer montiert ist
frage ich pater raphael
er bejaht
  der schatten dieser kugel
zieht an diesen beiden tagen
und zwar nur an diesen beiden
eine schnurgerade linie über das zifferblatt
während an allen anderen tagen
die bahnen des schattens
verschieden krumme linien ergeben -
und zwar hyperbeln
  raphael ist fasziniert
woher weißt du das alles - fragt er
und kommt aus dem staunen nicht mehr heraus
und vor allem ist es mir ein rätsel
wie du wissen kannst
wie der stab ausgerichtet werden muss
damit das alles so funktionieren kann
  du kennst meine antwort - sage ich lachend
ich muss nämlich wieder einmal sagen
es ist eigentlich sehr einfach
man muss sich nur dafür interessieren
aber genau das

machen ja die meisten menschen nicht
wer interessiert sich heutzutage
noch für sonnenuhren
   das stimmt - meint er nachdenklich
ja - du hast recht
ich kenne außer dir eigentlich niemanden
der sich mit sonnenuhren auskennt
das ist schade - oder
   das ist sehr schade - bekräftige ich
denn die sonnenuhr ist etwas ganz elementares
im verständnis für die erdbewegungen
sie ist eine projektionsfläche
auf der durch das sonnenlicht
sämtliche bewegungen unseres planeten
abgebildet werden
und dadurch ist sie gleichsam
eine direkte verbindung zu den gestirnen
ein fenster ins universum
ein tor zur schöpfung
   ich stehe da
sehe den schatten auf der sonnenuhr
bemerke wie er abwechselnd
deutlicher und schwächer wird
wie er zeitweise ganz verschwindet
um danach wie aus dem sprichwörtlichen
in diesem fall aber tatsächlich heiteren himmel
wieder da zu sein
das zwingt mich richtiggehend
über die meteorologischen abläufe

in der atmosphäre
über die vorgänge in der natur um mich herum
nachzudenken
und ich beobachte weiter
wie der schatten auf der uhr seine bahn zieht
den ganzen tag
jeden tag
das ganze jahr
jedes jahr
unbeirrbar
scheinbar immer gleich
und doch jeden tag ein wenig anders
   und ich erkenne dass ich
indem ich diesen kleinen schatten beobachte
gleichzeitig die bewegung der gestirne wahrnehme
gedanklich also weit draußen
im endlosen universum unterwegs bin
   ist das nicht faszinierend
total überwältigend
genau genommen vollkommen unbeschreiblich
   dieser kleine schatten ist für mich der schlüssel
der mir das tor zum universum öffnet
   es ist nicht möglich
eine sonnenuhr zu betrachten
und dabei nicht ins philosophieren zu kommen
   ja - ich halte es tatsächlich für unmöglich
an einer sonnenuhr die zeit ablesen -
die uhr also verstehen zu wollen
und sich dabei der gedanken an die schöpfung

oder wertungsfrei ausgedrückt
der gedanken an die entstehung
und somit auch dem sinn des universums
vollkommen entziehen zu können
  ich hätte nie gedacht
dass die beschäftigung mit einer sonnenuhr
also mit diesem einfachsten aller zeitmesser
gedanklich so weit führen kann
gesteht raphael
aber jetzt hast du mir noch immer nicht gesagt
wie dieser stab ausgerichtet sein muss
  entschuldige - beeile ich mich
das unabsichtlich versäumte sofort nachzuholen
wie gesagt - es ist sehr einfach und logisch
der gnomon - also der stab
muss genau parallel zur erdachse stehen
dann funktioniert die sonnenuhr
das ganze jahr über perfekt
  ja aber wie willst du das schaffen
dass er genau parallel zu ihr steht
fragt er neugierig aber doch ein wenig skeptisch
man sieht die erdachse ja nicht
  man sieht sie nicht - das stimmt
gebe ich ihm recht
aber man weiß wo sie ist - wie sie verläuft
auch wir beide wissen das
und um den stab richtig positionieren zu können
helfen mir zwei erkenntnisse
erstens die geografische breite unseres standortes

nämlich gerundete 48 grad
und der daraus folgende schluss
dass eine senkrechte hier in sankt andrä
mit der erdachse einen winkel von 42 grad bildet
und daher also auch der stab
auf einer senkrechten wand
in einem winkel von 42 grad zu dieser stehen muss
und zweitens die überlegung
dass die sonne zu mittag genau im süden steht
und der schatten des stabes zu diesem zeitpunkt
exakt senkrecht fallen muss
  nach diesen beiden kriterien
werde ich den stab am mittwoch ausrichten
  klingt einleuchtend
aber ich bin schon neugierig
wie du das machen wirst
dass diese winkel genau passen - meint raphael
  dafür habe ich mir
eine spezielle vorrichtung gebaut
die du dann am mittwoch sehen wirst
verrate ich ihm
diese vorrichtung werde ich an der wand montieren
und dann ist es wirklich ganz einfach
  als ich ihm schließlich noch den entwurf zeige
ist er restlos begeistert
  die römischen ziffern für die stunden
denkt er laut mit
der spruch - kein tag wie der andere
den kenne ich inzwischen schon

hier wird die wahre ortszeit angezeigt
und hier die mitteleuropäische
und diese linien hier - das müssen wohl
die angesprochenen datumslinien sein - stimmts
und schließt die nächste gleich an
als ich zur bestätigung dieser ersten frage nicke

| | | |
|---|---|---|
| ♈ | widder | 21-03 bis 20-04 |
| ♉ | stier | 21-04 bis 21-05 |
| ♊ | zwillinge | 22-05 bis 21-06 |
| ♋ | krebs | 22-06 bis 22-07 |
| ♌ | löwe | 23-07 bis 22-08 |
| ♍ | jungfrau | 23-08 bis 22-09 |
| ♎ | waage | 23-09 bis 22-10 |
| ♏ | skorpion | 23-10 bis 22-11 |
| ♐ | schütze | 23-11 bis 20-12 |
| ♑ | steinbock | 21-12 bis 19-01 |
| ♒ | wassermann | 20-01 bis 18-02 |
| ♓ | fische | 19-02 bis 20-03 |

das sind die symbole für die tierkreiszeichen
gehe auch ich gleich zur nächsten über

es ist auf sonnenuhren üblich
sofern man datumslinien einzeichnen möchte
diese im entwurf eingezeichneten
sieben linien zu wählen - *siehe abbildung 3*
die die zwölf tierkreiszeichen abgrenzen
denn für interessierte sonnenuhrbeobachter
reichen diese symbole
statt vieler unschöner datumsangaben
  auf solchen uhren haben die tierkreiszeichen
übrigens eine rein astronomische bedeutung
und keinerlei astrologische
so steht also jedes einzelne dieser symbole
einfach nur
für den jeweiligen abschnitt des jahreskreises
in dem sich die sonne
von der erde aus betrachtet gerade befindet
und hat nichts mit sterndeutung
horoskop oder aberglaube zu tun
  die tatsache dass sich trotz
dieses wohldurchdachten
fast kompliziert anmutenden aufbaus
einer sonnenuhr
der schatten ganzes jahr über
an die vorgegebenen linien hält
und trotzdem kein tag wie der andere ist
fasziniert raphael
  eine frage hätte ich noch - meint er
wird sich der klimawandel

irgendwie auch auf die sonnenuhr -
ich meine auf ihre genauigkeit - auswirken
  raphaels frage zwingt mich
noch einmal weit auszuholen
  die gleichen vorgänge in der natur
nämlich die bewegungen der himmelskörper
die es bewirken
dass auf der sonnenuhr
der schatten jeden tag anders verläuft
also jeder tag ein anderer ist
sind auch dafür verantwortlich
dass das klima nie gleich bleibt
es ändert sich schon seit die welt besteht
immer schon und unaufhaltsam
  es gab eiszeiten
es gab warmzeiten wie das mesozoikum
in dem es fast 200 millionen jahre lang
gar keine gletscher auf unserem planeten gab
und es gibt gemäßigte phasen
wie die in der wir jetzt leben
  verändern sich also die bewegungen
der himmelskörper - und die ändern sich ständig
ändert sich nicht nur der verlauf des schattens
auf der sonnenuhr
sondern auch das klima
  aber es ist nicht so
dass eine veränderung des klimas
etwas an der sonnenuhr verändert
  was du aber meinst - raphael

ist der menschenverursachte anteil
an den klimaveränderungen
   auch der hat nichts
mit der sonnenuhr zu tun
führt aber
zu ganz anderen philosophischen betrachtungen
denn dieser anteil wäre korrigierbar
und vor allem auch vermeidbar
aber dafür ist österreich zu klein
dafür ist auch die eu zu klein
auch die usa russland und china
schaffen das nicht
   es ist zwar lobenswert
und es müsste auch selbstverständlich sein
dass wir uns - wie einige andere länder auch
um ein *gutes klima* bemühen
aber das wird immer nur stückwerk bleiben
wenn man nicht endlich erkennt
dass die probleme
die der mensch auf der erde verursacht
und die inzwischen
globale ausmaße angenommen haben
auch nur global zu lösen sind
und wenn man nicht endlich auch damit beginnt
sie auf diese art zu lösen
   das soll nicht heißen dass es eh nichts nützt
wenn wir etwas tun
denn je mehr damit beginnen etwas zu tun
desto eher findet man zu einer globalen lösung

aber
man sollte auch nicht panisch werden
und hysterie verbreiten
   diese vorgangsweisen
die leider von der politik gestattet
und sogar unterstützt werden
bringen uns einer lösung keinen millimeter näher
   politiker sollten nicht immer nach schuldigen
in anderen branchen
in anderen parteien
in anderen ländern suchen
sondern nach lösungen
und zwar gemeinsam - global
   meint man also diese menschenverursachten
also die durch unser fehlverhalten
auf dem planeten entstandenen veränderungen
muss man schnellstens darangehen
diese wieder zu korrigieren
denn die lassen sich korrigieren
   meint man aber die natürlichen veränderungen
muss man auch wieder lernen
die natur und die vorgänge in ihr zu respektieren
   der biblische spruch
macht euch die erde untertan
bedeutet nämlich nicht
diese als eigentum betrachten zu dürfen
das man beliebig und rücksichtslos
ausbeuten und umgestalten kann
sondern das heißt

alles was uns die natur so großzügig bereitstellt
respektvoll und schonend nützen zu dürfen
   aber genau das ist das größte problem
es fehlt der respekt
der mensch betrachtet alles als sein eigentum
mit dem er tun und lassen kann
was er will
   das zeigt sich auch schon in den bezeichnungen
die er verwendet
warum zum beispiel heißen
besonders schützenswerte landschaften
nationalpark und nicht naturpark
wobei diese wertung
besonders schützenswert
auch schon eine ungeheure anmaßung darstellt
weil genau genommen jedes stück natur
gleich viel wert ist
und gleichermaßen schützenswert ist
   natürlich könnte man jetzt sagen
die bezeichnung ändert doch nichts
die hauptsache ist doch
*dass* die natur geschützt wird
   dem ist aber nicht so
denn der begriff nationalpark signalisiert
kompromisslos
dass es sich hier um staatliches eigentum handelt
und jegliches bemühen anderer unerwünscht ist
wie soll man da zu globalen lösungen finden
   wäre dem menschen dagegen jedes stück natur

egal wie es aussieht und wem es gehört
gleich viel wert und gleich schützenswert
gäbe es wahrscheinlich kein ozonloch
kein müllproblem
keine überbevölkerung
und keinen künstlichen treibhauseffekt
nur sehr viel intakte natur
und glückliche menschen
- - -
  ein kleines postskriptum muss ich noch anbringen
schützenswert heißt nicht
den momentanen zustand zu bewahren
sondern die natur
mit ihren ständigen veränderungen
zu respektieren
  der mensch versucht immer zu konservieren
zu erhalten
die natur erlaubt das nicht
- - -
  nun haben wir uns aber ordentlich vertratscht
stelle ich mit einem blick auf meine uhr fest
und raphael korrigiert mich
vertratschen hieße doch
es wäre schade um diese zeit
aber so ist es nicht
dieses gespräch war sehr interessant
  ich versichere ihm dass mich das sehr freue
und äußere abschließend nur noch den wunsch

man möge für mittwoch alles bereithalten
hoffentlich gibts auch sonne

    - - -

19-03-2019

  am vormittag kommt die sonne schon
ein paarmal vielversprechend durch
also entschließe ich mich
den gnomon schon heute zu positionieren
man weiß ja nicht
wie es in den nächsten zwei tagen sein wird
es wäre ja auch möglich dass gerade zu mittag
die sonne nicht zu sehen ist
ich fahre also ins kloster
dort treffe ich pater raphael an
der nach unserem gestrigen gespräch
wieder sehr interessiert ist
er hilft mir
alles für den entscheidenden moment vorzubereiten
auf dem balkongeländer liegen pfosten
auf denen man bequem stehen kann
allerdings ist es etwas zu niedrig
also frage ich raphael
ob er vielleicht einen schemel
oder etwas ähnliches holen könnte
schon nach wenigen augenblicken
kommt er mit einem alten sessel daher und fragt

ob er ihn auch gleich hinaufbringen solle
  wenn es dir nichts ausmacht - sage ich
und natürlich sagt er es mache ihm nichts aus
ich hätte es wissen müssen
dass er nie nein sagen würde
denn kaum unten wieder angelangt gesteht er
gehörigen respekt vor der höhe zu haben
  weißt du - martin
ich habe ein wenig höhenangst
wovor genau hast du angst - frage ich ihn
vor der höhe - also wenn du hinaufschaust
oder vor der tiefe - wenn du hinunterschaust
  ja stimmt - meint er erstaunt lächelnd
es müsste eigentlich tiefenangst heißen
hast du auch höhenangst - martin
oder tiefenangst
  nein - ich habe nur angst vor der höhenangst
oder tiefenangst - wie du willst
liefere ich ihm genau die art von antwort
die er auch erwartet hat
  ich habe inzwischen
die selbst gebaute vorrichtung
für das positionieren des schattenwerfers montiert
und warte nun auf den richtigen zeitpunkt
um den gnomon exakt einzurichten
  raphael ist nicht unglücklich über diese pause
und stellt mir sehr interessiert
eine frage nach der anderen
über sonnenuhren im allgemeinen

und auch speziell über die zu bauende
　wir haben glück
zum errechneten sonnenhöchststand
um 12 uhr und 6 sekunden
ist die sonne kräftig genug
dass der stab
einen deutlich erkennbaren schatten wirft
also kann ich seinen schatten senkrecht ausrichten
die position markieren
und anschließend den stab in der wand
mit einem speziellen klebemörtel fixieren
　ein weiterer ganz wichtiger schritt
ist getan


- - -


20-03-2019

　nachdem der astronomische frühlingsbeginn
für 22 uhr 58 errechnet wurde
habe ich zwei volle tage zeit meine markierungen
für die tag-nacht-gleiche-linie anzubringen
ideal wäre es
am nachmittag des ersten tages
die eine hälfte zu markieren
und am darauffolgenden vormittag die zweite
denn damit wäre ich dem errechneten zeitpunkt
am nächsten
　aber darauf lasse ich mich nicht ein

wer weiß wie oft und wie lange
die sonne wirklich durchkommen wird
   also mache ich ca um 9 uhr die erste markierung
und zu mittag die zweite
als ich vom gerüst heruntersteige
treffe ich pater theoklidos
den künstler und ikonenmaler des klosters
sein balkon ist es übrigens
über dem die sonnenuhr entsteht
was sicherlich nicht einer der unwichtigsten gründe
dafür ist dass er sich über diese uhr sehr freut
   ich frage ihn ob er an den malereien
die auf dem zifferblatt zu machen sein werden
mitarbeiten möchte
auf die für ihn typische art -
ich erlaube mir schon jetzt darüber zu urteilen
obwohl ich ihn noch gar nicht so gut kenne
wie die anderen mönche -
erkundigt er sich zunächst zum beispiel darüber
welche farben dabei zu verwenden wären
bringt noch ein paar andere technische details
in das gespräch ein und meint schließlich
mit erfreutem gesichtsausdruck
gerne
   ich zeig ihm daraufhin
womit ich an der uhr gerade beschäftigt bin
und bitte ihn
am nachmittag noch eine markierung zu machen
danach machen wir ein gemeinsames foto

vor dem hintergrund der entstehenden sonnenuhr
und steigen wieder hinunter
   theo ist engagiert
am nachmittag - es ist zirka 16 uhr
ich habe gerade auf dem feld zu tun
ereilt mich ein anruf des beunruhigten arsenios
der mir von einem verzweifelten theo berichtet
weil die sonne den ganzen nachmittag über
nicht zu sehen war
   ich beruhige ihn und erkläre ihm
dass wir ja auch den nächsten tag dafür
noch zur verfügung hätten
   kaum haben wir unser gespräch beendet
bricht die sonne aus den wolken hervor
aber zu spät
denn die hauswand mit der uhr ist so positioniert
dass die anzeige zu dieser jahreszeit
um spätestens 16 uhr endet
wie gut dass wir noch einen tag zeit haben


   - - -


21-03-2019


   heute gelingt es tatsächlich
am nachmittag eine markierung anzubringen
nachdem arsenios auch schon zeitig in der früh
eine weitere gemacht hat
   um ca 16 uhr 30 komme ich vorbei

lege nach den
mittlerweile in ausreichender anzahl
vorhandenen markierungen
die tag-nacht-gleiche-linie fest
notiere mir deren genauen verlauf
und gebe die mauer für die weitere bearbeitung frei

   - - -

28-03-2019

  was meinst du - martin
wie viele das
sind in einem sinnvollen satz
hintereinander möglich
fragt mich nikola im deutschunterricht
  auf die frage
wie er darauf jetzt komme
erklärt er mir
dass ihm arsenios einen satz genannt habe
in dem es dreimal direkt hintereinander stehe
nur könne er sich an den genauen wortlaut
nicht mehr erinnern
  nachdem es mich grundsätzlich immer freut
wenn jemand interesse zeigt
an den besonderheiten der sprache
gehe ich auch dieses mal
sehr gerne auf die frage ein
muss aber gestehen

auf anhieb nicht sagen zu können
ob man wirklich bei einer bestimmten anzahl
eine klare grenze ziehen könne
   mir fällt aber ein
dass ich mich vor jahren
auch in einer meiner deutschklassen
schon damit beschäftigt habe
und muss kurze zeit später
entgegen meiner allgemein bekannten vorbehalte
gegenüber der handy-un-kultur
die vorzüge eines smartphones hervorheben
denn tatsächlich finde ich nach kurzem suchen
einen der sätze von damals auf dem speicher
   diesen satz von damals zu überbieten
wird nicht so einfach werden
mache ich meinen schüler noch neugieriger
und nenne ihm zunächst einmal
einen teil davon
   du weißt dass das das
nicht nur ein artikel sein kann
   ja - das weiß ich
antwortet nikola so
als hätte ich ihm wirklich eine frage gestellt
aber das sind auch nur drei das
   das sind die ersten drei
beruhige ich ihn und lege drei weitere nach
   dass das das
das das dass nicht infrage stellt
dafür nicht gelobt wird

ist erstaunlich
  nikola schreibt sich den satz auf
um ihn besser überblicken zu können
und muss lachen
  sechs das hintereinander
unglaublich
das werde ich pater arsenios vorlesen
  wir sind noch nicht fertig
bremse ich ihn ein
es geht noch mehr
  ich möchte nur noch darauf hinweisen
bevor wir weitermachen
dass die sinnhaftigkeit des satzes deutlicher wird
wenn du das dritte und das sechste das
wie personen siehst - als nomen also
das **das** stellt das **dass** nicht infrage
das finde ich lobenswert - verstehst du
  er bejaht und fordert ungeduldig
obwohl ungläubig dass es wirklich einen gibt
den nächsten teil
damit kann ich selbstverständlich dienen
            dass das das
        das das dass
            das das daß abgelöst hat
        gar nicht infrage stellt
                dafür gar nicht gelobt wird
                ist wirklich erstaunlich
  nikola kann es nicht fassen
neun das - professor - ruft er begeistert

und das ergibt wirklich einen sinn
ist jetzt schluss oder gibt es noch mehr
   schluss ist noch nicht
erkläre ich ihm
denn man kann theoretisch
noch viele beifügesätze ineinanderschachteln
aber irgendwann verliert man den überblick
und versteht nicht mehr
was eigentlich gemeint ist
   versuchen wir es trotzdem
fragt er treuherzig wie ein kleines kind
woraufhin ich noch ein das dazugebe
        dass das das
     das das dass
        das das daß
           das ja wirklich schon veraltet war
             ablösen durfte
      gar nicht beneidet
           dafür trotzdem nicht gelobt wird
           ist ungeheuerlich
   nikola ist sprachlos
arsenios wird mir das gar nicht glauben
zehn das
es gibt einen satz mit zehn das hintereinander
   und das ist auch noch nicht das limit
sage ich
aber weißt du
was ich noch ungeheuerlicher finde
   was denn

dass dich so etwas belangloses wie
        das
        dass das das
     das das dass
       das das daß
         das ja wirklich schon veraltet war
         ablösen durfte
   gar nicht beneidet
         dafür trotzdem nicht gelobt wird
        ist ungeheuerlich
plötzlich mehr interessiert als die sonnenuhr
  das waren jetzt elf - jubelt nikola
und stürmt zu arsenios

   - - -

01-04-2019

  erster april - auch im kloster
ich bin gerade dabei mit dem abt
die arbeiten an der uhr
und auch den termin
für die präsentation derselben
sowie dieses buches zu besprechen
da stürzt pater arsenios ganz aufgeregt
mit der nachricht in den raum
der bischof sei soeben völlig überraschend
im kloster eingetroffen und wolle ihn -
den abt - sofort sprechen

schon will ich zu der erklärung ansetzen
dass mich die unterbrechung unseres gesprächs
überhaupt nicht störe
da bemerke ich dass sich
der abt gar nicht aus der ruhe bringen lässt
und ohne aufzublicken ganz trocken bemerkt
ja ja - ich weiß - erster april
   die terminbesprechung geht weiter
wir kommen überein
die präsentation zur sommersonnenwende
am 21sten juni
und zwar genau zur sonnenwende durchzuführen
die uhr werde bis dahin so gut wie fertig
und auch das buch verfügbar sein
die 3 datumslinien die dann noch fehlen werden
würden wir an den entsprechenden tagen ergänzen
das würde bestimmt niemand stören
und der termin wäre geradezu perfekt -
steht doch heuer die sonnenwende
um 17 uhr 54 an
was eine gleichermaßen praktikable
wie auch originelle beginnzeit bedeutet


         - - -


16-04-2019

   die mauer ist perfekt vorbereitet
ich habe gestern die tag-nacht-gleiche-linie

wieder eingezeichnet und beginne nun -
es ist ein schöner sonniger tag -
die stundeneinteilung festzulegen
   ich habe mir dafür auf einem blatt papier
die tagesaktuellen zeitpunkte vorbereitet
nach denen ich viertelstundenweise
sowohl für die mitteleuropäische
als auch für die wahre ortszeit
die markierungen anbringe
   pater arsenios ist mit mir auf dem gerüst
krass - entfährt es ihm wieder einmal
als er die liste mit den zeitpunkten sieht
dass ist wirklich krass - martin
wiederholt er
und verwendet sein lieblingswort ein drittes mal
als ich ihm erkläre
dass das eine einfache rechenübung
anhand der zeitgleichungstabelle sei
die man jederzeit leicht im internet finde
   welche ist eigentlich die richtige zeit
fragt er mich
die sommerzeit oder die winterzeit
was meinst du
   ist das wirklich so eine große frage
begegne ich ihm zunächst noch bewusst
auf die eher lapidare art
   es wird viel darüber diskutiert
also anscheinend beschäftigt es die menschen
reagiert er beinahe sich entschuldigend

für seine frage
   ich weiß - werde ich nun ausführlicher
und ich wollte deine frage
auch nicht als uninteressant abtun
oder als unwichtig
ich will dich nur zum nachdenken darüber bringen
ob dieses thema
das du hier ansprichst
wirklich auf so eine simple entscheidungsfrage
reduziert werden kann
   sommer- oder winterzeit
was ist an der einen schlechter
oder an der anderen besser
   eine zeitangabe ist ja nichts absolutes
sondern sie stellt einfach nur relationen
zwischen ereignissen her
oder eine reihenfolge - *siehe auch 17-04-2019*
   wenn man nun von normalzeit
wie man sie eigentlich nennt
auf sommerzeit umstellt
ändert man damit nichts an diesen relationen
an der reihenfolge der ereignisse
man verschiebt einfach nur eine art skala
ohne dass das irgendeinen einfluss
auf die abläufe in der natur haben könnte
man sieht es zwar so
als würde durch die umstellung auf sommerzeit
die sonne plötzlich um eine stunde später aufgehen
aber in wirklichkeit ändert sich doch nichts

außer einer kleinen zahl
auf einem gerät namens uhr
die natur ist davon vollkommen unbeeindruckt
  und das ist der springende punkt
die menschen leben heutzutage nicht mehr
mit der natur
das heißt nach den abläufen in der natur
sondern nur mehr nach zahlen
nach willkürlich festgelegten zahlen
auf einem kleinen unbedeutenden gerät
  dabei ist es doch vollkommen egal
welche zeit die uhr bei sonnenauf- oder
-untergang anzeigt
es ändert sich nichts
und daher ist es auch egal ob man nun
sommerzeit oder normalzeit verwendet
  wer den tag besser nützen möchte
steht auch von alleine früher auf
dafür braucht er keine sommerzeit
  krass - höre ich ein weiteres mal
von meinem gegenüber
fahre aber gleich fort
  ist dir bewusst dass die sonne
in vorarlberg eine halbe stunde später aufgeht
als im burgenland
  krass - wirklich
genauso ist es - du siehst also
dass es gar nicht möglich ist
mit einer zonenzeit - wie auch die mez eine ist

für alle regionen
also für alle menschen in einem land
das gleiche auszudrücken
   was die uhr anzeigt ist also tatsächlich
nur eine zahl
die man beliebig austauschen kann
   wenn du am 15ten april im burgenland
um 6 uhr 15 auf die uhr schaust
machst du das schon im sonnenlicht
ein vorarlberger denkt sich zur gleichen zeit
jetzt kann es nicht mehr lange dauern
bis die sonne aufgeht
   und das in einem so kleinen land wie österreich
wievielmal ärger muss das
für die menschen in china sein
denn dieses riesige land hat auch nur eine zeitzone
also eine einheitliche zeit für ganz china
dabei erstreckt es sich
über mehr als 60 - stell dir das vor
sechzig längengrade
das sind normalerweise 4 zeitzonen
das sind 4 stunden zeitunterschied
zwischen dem östlichsten teil chinas
und dem westlichsten
vier stunden
und wir in österreich diskutieren
über eine stunde zeitverschiebung
und sprechen von mini-jetleg
und psychischer belastung durch die umstellung

ich sage es diesmal nicht
aber du weißt was ich jetzt denke
gibt arsenios laut lachend seinen kommentar
zu meinen ausführungen
es ist wirklich krass
und lacht noch mehr als ihm bewusst wird
dass er es doch wieder gesagt hat
   aber das ist noch nicht alles
mache ich ihn wieder neugierig
denn noch viel interessanter
als dieser große ortszeitunterschied in china
ist die frage welcher ort oder welche stadt
mit seiner - bzw ihrer ortszeit am weitesten
von der dort gültigen zonenzeit entfernt ist
   bei uns in st andrä beträgt dieser abstand
7 minuten und 44 sekunden
das heißt - wenn bei uns die sonne
auf dem höchsten punkt steht
wenn wir also 12 uhr wahre ortszeit haben
ist es laut mez erst 11 uhr 52 min und 16 sek
   am größten ist diese differenz in österreich
in bangs - einem kleinen ort
in vorarlberg westlich von feldkirch
   wenn dort eine sonnenuhr 12 uhr
also sonnenhöchststand anzeigt
ist es laut mez bereits rund 12 uhr und 20 min
bei sommerzeit sogar schon 13 uhr und 20 min
   siehst du jetzt – arsenios
welche bedeutung

die sommerzeitdebatte für mich hat
   dabei gibt es in europa
ein noch deutlicheres beispiel
   der westlichste punkt spaniens
ist schon mit seiner normalzeit ca 1 std 40 min
von der zonenzeit weg
bei sommerzeit sogar 2 std 40 min
   aber das ist noch nicht das ende der fahnenstange
wie manche zu sagen pflegen
du kennst die aleuten
   ich war noch nicht dort - meint arsenios
aber natürlich kenne ich sie
das sind doch diese inseln bei alaska - stimmts
   genau - das sind sie - bestätige ich
eine dieser inseln - nämlich die westlichste
heißt attu
und diese insel war bis vor kurzem
sage und schreibe 4 std und 30 min
von ihrer ortszeit weg
   was ist passiert - fragt arsenios
und wirkt mit seinem schauspielerischen talent
wie wirklich erschrocken
liegt es am klimawandel
oder hat die tektonik verrückt gespielt
   weder noch - beruhige ich ihn
obwohl er nie wirklich darüber in sorge war
   man hat mit wirkung vom november 2018
einfach die zonenzeit geändert
auch an diesem beispiel siehst du

wie unwichtig die zonenzeit eigentlich ist
und wie unkompliziert man sie
weil sie ja von haus aus willkürlich festgesetzt ist
ändern kann
wenn niemand etwas dagegen hat
  die ortszeit dagegen ist immer fix
wenn die sonne am höchsten punkt steht
ist mittag
aus pasta
  du würdest also die lösung darin sehen
dass man wieder zur ortszeit zurückkehren sollte
spricht er mich an und ich bin mir nicht sicher
ob er seine frage wirklich ernst meint
  natürlich nicht - antworte ich trotzdem
ohne der angesprochenen unklarheit
auf den grund zu gehen
  das wäre heutzutage nicht mehr möglich
da hätten wir ein heilloses durcheinander
in allen terminplänen weltweit
  nein - das gegenteil davon
halte ich für die einzige brauchbare lösung
nämlich eine universelle zeit – eine weltzeit
  was ist denn das nun wieder für eine zeit
ist arsenios jetzt wirklich schon
ein wenig irritiert welch weite kreise
seine ursprünglich so einfache frage
inzwischen zieht
  die universalzeit oder weltzeit - erkläre ich ihm
wäre nicht nur die beste

sondern auch die einfachste lösung
  nachdem es viel mehr orte auf der welt gibt
an denen ortszeit und zonenzeit
nicht übereinstimmen
als solche wo das der fall ist
also viel mehr orte an denen die zeit
die die uhr zeigt
eine vollkommen willkürliche ist
könnte man doch genauso gut festlegen
dass weltweit die gleiche zeit gilt
also eine universalzeit – *siehe dazu auch 21 – 06 – 2019*
  man müsste einfach nur erkennen
dass auch die derzeit verwendeten zonenzeiten
ganz und gar künstlich geschaffene sind
und mit dem natürlichen tagesablauf
genauso wenig zu tun haben
wie eine weltzeit
  ja für mich wärs kein problem
meint arsenios nach kurzem überlegen
denn mir ist schon lange klar
dass wir die uhrzeit überbewerten
dass wir uns längst zum sklaven der uhrzeit
gemacht haben
und ich sehe immer deutlicher
dass du recht hast wenn du behauptest
es zahle sich aus
sich mit sonnenuhren näher zu beschäftigen
denn wenn man das nicht macht
könnte man wirklich eines tages meinen

die zonenzeit sei die sogenannte echte zeit
an der es nichts zu rütteln gibt
der sich jeder und alles
bis hin zu den gestirnen unterzuordnen habe
welch naive vorstellung
  wir haben inzwischen einige markierungen
auf das zifferblatt gebracht
es ist angenehm warm geworden
und arsenios bedauert
dass er auch noch andere arbeiten zu erledigen habe
und nun leider weg müsse
  kurze zeit später gesellt sich pater theoklidos
der sich ja bereit erklärt hat
den künstlerischen teil der arbeiten
an der sonnenuhr zu übernehmen
zu mir
und ist von anfang an so interessiert
und so voller fragen
dass wir tatsächlich vergessen
die markierung für 9 uhr 45 mez einzuzeichnen
  das ist aber kein problem
weil es sich nur um ein paar sekunden handelt
und außerdem alles fehlende
auch an jedem anderen tag im jahr
ergänzt werden kann
  theoklidos gefällt die arbeit an der uhr
und so komme ich auch mit ihm
in kürzester zeit ins philosophieren
  wir arbeiten an der zeit

aber wir können nichts an ihr ändern
- - -
zu mittag ersuche ich ihn
für kurze zeit alleine weiterzumachen
während ich zuhause
mein mittagessen zu mir nehmen würde
da an diesem tag das essen im kloster
erst um 13 uhr auf dem programm steht
ist das für ihn kein problem
als ich wiederkomme
finde ich auf dem gerüst
eine vollkommen neue situation vor
es ist inzwischen
ein wunderschöner frühlingstag geworden
es ist vollkommen windstill
und auch sonst herrlich ruhig ringsum
theoklidos sitzt in seinem schwarzen gewand
als herrlicher kontrast zur hellen wand
sehr entspannt
vollkommen bewegungslos
wie meditierend auf einem kleinen holzschemel
auf dem gerüst
und lauscht der musik
die leise aus seinem zimmer kommt
ich mache mich nicht sofort bemerkbar
sondern genieße die herrliche szenerie
zunächst noch einige augenblicke
als ich dann aber beginne
die leiter emporzusteigen

bemerkt er mich sofort und erhebt sich
   stolz zeigt er mir
wie perfekt er die arbeit
während meiner abwesenheit weitergeführt hat
lässt mir trinkwasser und musik zurück
und begibt sich selber in die mittagspause
   ich nehme - wie zuvor er
auf dem schemel platz und warte
auf den nächsten markierungszeitpunkt
   die ruhe um mich herum
die mittagssonne
und die leise angenehme hintergrundmusik
versetzen auch mich bald in diesen zustand
den ich zuvor an dem pater beobachtet habe
   es ist wunderschön
einfach dazusitzen
und den gedanken freien lauf zu lassen
   wenn man sich mit irgendetwas
selber überraschen kann
dann ist das
dieser unvorhersehbare lauf der gedanken
die - wenn man ihnen die möglichkeit dazu gibt
vollkommen unberechenbar daherkommen
und einen überall hintragen können
aber immer überraschend
   manchmal zwar rücksichtslos
brutal
zerstörerisch sogar in gewissen fällen
doch im nächsten augenblick

vielleicht schon wieder
aufmunternd
schwärmerisch
euphorisierend
  sich den gedanken hinzugeben
ist gar nicht nötig
weil das gegenteil
nämlich gedanken nicht zuzulassen
ganz und gar unmöglich ist
und trotzdem wird es immer
als ein bewusst gesteuerter vorgang
und als etwas zutieftst positives gesehen
obwohl man von ihnen doch auch
in eine ganz andere richtung getragen werden kann
als man es gern hätte
  vielleicht liegt es hauptsächlich
an den gegebenheiten rundherum
denke ich mir
dann könnte man die gedanken
indirekt doch ein wenig steuern
  ich muss mir jedenfalls in dieser umgebung
keine sorgen machen
ich genieße die reise
  ist das ein luxus - denke ich mir
einfach dazusitzen
und den tag so vergehen zu lassen
dass die meisten anderen menschen
das als vollkommen sinnlos bezeichnen würden
  für mich aber

ist dieser tag alles andere als sinnlos
beschenke ich mich doch selbst -
und es ist mir in diesem augenblick egal
ob ich es bewusst steuern kann
oder unbewussten assoziationen
ausgeliefert bin -
andauernd mit den tollsten gedanken
die ich - so nehme ich es mir vor
auch alle einmal zu papier bringen werde
sofern ich sie nicht gleich wieder vergesse
und erledige gleichzeitig eine wichtige arbeit
für mein projekt sonnenuhr
   würde ich nicht ausgerechnet
mit der zeit beschäftigt sein
hätte ich sie wahrscheinlich
schon längst komplett vergessen
   aber so wie alles zeitliche
unwiderruflich einmal endet
ist auch dieser
nahezu unbeschreibliche augenblick
gleich wieder ein ganz anderer
als pater theoklidos zurückkommt
und wir wieder gemeinsam auf dem gerüst stehen
   mit der ruhe ist es endgültig vorbei
als zoran - ein serbe
der das kloster täglich mindestens einmal besucht
uns auf dem gerüst bemerkt und
sich daran erinnernd dass ich nikola deutsch lehre
mich scherzhaft fragt

ob ich denn da oben
auch gerade deutschunterricht hätte
   ja - deutschunterricht auf höchstem niveau
antworte ich

   - - -

17-04-2019

   sechs uhr - das tor ist schon offen
doch es ist niemand zu sehen
etwas zu hören aber sehr wohl
nämlich leises gebetsgemurmel
die mönche sind alle beim gottesdienst
in der kapelle
   ich steige auf das gerüst und warte auf die sonne
sie sollte um sechs uhr eins aufgehen
noch ist nichts davon zu sehen
obwohl es schon sehr hell ist
weil mir einige häuser die sicht verstellen
es ist eiskalt
   um 6 uhr 29 ist es endlich soweit
und die heißersehnten - nein
heiß passt
in anbetracht der herrschenden temperatur
überhaupt nicht -
die zitternd ersehnten strahlen
der mir säumig scheinenden –
beziehungsweise der bis jetzt noch gar nicht

scheinenden morgensonne
erwecken nicht nur die noch ziffernlose uhr
zu neuem leben
sondern auch meine -
beinahe der für diese jahreszeit
unwirtlichen temperatur zum opfer gefallenen -
lebensgeister
und ich mache mich sofort ans werk
die letzten noch ausständigen markierungen
der stundenskala einzutragen
   schon bald ist abzusehen
dass es ein sehr schöner sonniger tag werden wird
also beschließe ich
ihn dahingehend zu nützen
auch gleich alle anderen teile der uhr
wie den unvermeidlichen sinnspruch
sowie die zeitgleichung soweit vorzubereiten
dass ich sie am nachmittag
an der wand vorzeichnen kann
   als ich zu diesem zweck
kurz nach dem mittagessen
wieder ins kloster komme
ist pater theoklidos schon damit beschäftigt
den weißen hintergrund im stundenband
in zwei schichten aufzutragen
   wir arbeiten an der zeit
aber wir können nichts an ihr ändern
wiederholt er diese interessante
philosophische beobachtung vom letzten mal

als wir eine zeitlang nebeneinander
unserer beschäftigung nachgehen
   was ist zeit
diese frage überrascht uns beide
sowohl den fragesteller
als auch den befragten
   zeit ist gegenwart
alles andere ist reine grammatik
zeit ist das fortschreiten der gegenwart
die aneinanderreihung der momente
die wir als gegenwart erleben
es gibt keine zukunft
die existiert nur in unserer vorstellung
aber sie ist nicht greifbar
   sobald wir einen
als zukunft bezeichneten punkt erreichen
ist er auch schon gegenwart
und mit der vergangenheit ist es das gleiche
sobald etwas vorbei ist
existiert es nur mehr in unserer vorstellung -
genannt erinnerung
es gibt keinen zugriff mehr darauf
der es uns erlauben würde
irgendetwas noch an ihr zu ändern
   wir können die gegenwart nicht verlassen
wir sind sozusagen in ihr gefangen
und wir können auch an der zeit
tatsächlich rein gar nichts ändern
weder anhalten noch beschleunigen

oder wenigstens verzögern
   - - -
  aber einstein - kommt natürlich sofort
der erwartete versuch eines einwands -
hat er nicht gesagt
die zeit vergehe
abhängig von der geschwindigkeit
mit der man sich bewegt
langsamer oder schneller
  schon - lässt die antwort
nicht lange auf sich warten -
aber das ist doch nur
im vergleich zu anderen gemeint
  für denjenigen aber - der unterwegs ist
gibt es trotzdem nur die gegenwart
er merkt ja nichts davon
dass zur gleichen zeit die anderen
die seine reise nicht mitmachen
in einem anderen tempo altern
  und wenn er zurückkommt von seiner reise
haben sie wieder die gleiche gegenwart
  sie sind in der zwischenzeit
nur verschieden schnell gealtert
aber keiner von ihnen
hat zu irgendeinem zeitpunkt
seine gegenwart verlassen
  egal wie weit
wie schnell
und wohin er gereist wäre

er hätte sich doch immer
in der gegenwart befunden
die gegenwart ist ohne alternative
es ist nicht möglich sie zu verlassen
   aber auch das gegenteil
nämlich dieser alte traum der menschen
die zeit anzuhalten
hat keine chance auf verwirklichung
   welchen sinn hätte es auch
bei schrecklichen erlebnissen sind wir froh
wenn sie vorbei sind
und an schöne erinnern wir uns gerne zurück
   beides wäre nicht möglich
wenn die zeit still stände
   die zeit ist nicht aufzuhalten
und der gegenwart nicht zu entkommen
doch wenn man es versteht
zweitere wirklich zu genießen
steht erstere
zumindest subjektiv betrachtet
ohnehin still
   aber wer kann das heute noch
immer häufiger und immer mehr
hört man zum beispiel
über so unveränderbare tatsachen
wie das wetter jammern
   regnet es
wird geklagt man könne nichts mehr unternehmen
ist es trocken

verzweifelt man kollektiv ob der hitze
und dass nichts mehr so sei wie früher
  schon allein die prognose
egal wie sie ausfällt
verdirbt der hälfte der menschheit
schon heute den morgigen tag
und sollte die vorhersage dann doch nicht eintreffen
ist für diese hälfte
auch der nächste tag ein verlorener
weil man sich nun schon
auf etwas anderes eingestellt habe
während der rest nun auch zu jammern beginnt
weil etwas anderes in aussicht gestellt worden ist
  gleiches gilt für die jahreszeiten
bezüglich derer ja manche ihr ganzes leben lang
auf die jeweils nächste warten
um dann festzustellen
dass auch die nicht ihren erwartungen entspricht
und das gilt auch für den urlaub
und für die pension
kurz und gut
für alle lebenslagen
  egal wie es ist ist es schlecht
und der umkehrschluss wird nicht akzeptiert
obwohl er so einfach wäre
genieße den moment
du hast keinen anderen
  aber zurück zum unaufhaltsamen vergehen
zum unumkehrbaren voranschreiten der zeit

unser bemühen - die zeit zu messen
ist doch nur ein zueinander-in-beziehung-setzen
von ereignissen
eine regelmäßige abfolge zu finden - zu definieren
   eine solche regelmäßige abfolge
ist zum beispiel der tag
wir haben durch die abfolge
von sonnenauf- und untergängen
eine regelmäßigkeit zur verfügung
die uns eine zeitmessung - eine zeitrechnung
ermöglicht
   der tag ist für uns eine einheit
aber was ist ein tag wenn man ihn näher betrachtet
wo gilt er
gilt er im ganzen sonnensystem
im ganzen universum - nein
   ein tag ist die dauer
von einem sonnenhöchststand auf der erde
zum nächsten
wohlgemerkt - auf der erde - und sonst nirgends
   auf jedem anderen planeten
auf jedem anderen himmelskörper
gibt es eine andere taglänge
   das gleiche gilt auch für das jahr
das übrigens gar nicht exakt durch die taglänge
teilbar ist
die natur kümmert sich nicht
um solche rechenspielchen
   auch das jahr ist nur für uns erdbewohner

aus unserer sicht als solche definiert
einfach als diese regelmäßige abfolge
von sonnenumrundungen
die wir auf der erde erleben
  wir dürfen aber nicht glauben
dass diese
von uns als so selbstverständlich betrachteten
einheiten
im universum eine rolle spielen
  jeder himmelskörper hat sein eigenes jahr
auch unsere sonne
denn die wiederum
kreist um den mittelpunkt einer galaxie
unserer galaxie - der milchstraße
und zwar in zirka 225 millionen jahren ein mal
man nennt so einen umlauf
ein galaktisches jahr
  aber was hat das alles mit der sonnenuhr zu tun
taucht die nächste frage unweigerlich auf
  nun - die sonnenuhr hat uns geholfen
den tag - der ja für uns
die am einfachsten zu beobachtende abfolge
in der natur ist
in kleinere abschnitte - in stunden - zu teilen
  irgendwann hat man sich dann ganz willkürlich
auf 24 festgelegt
und die stunde - die somit ein vierundzwanzigstel
eines mittleren sonnentags darstellt -
weiter unterteilt in minuten und sekunden

und mit diesen einheiten messen wir heute
die dauer aller abläufe im universum
    - - -
  aber nun gibt es im zusammenhang mit der zeit
noch eine sehr interessante sache
nämlich das datum – also die zeitrechnung
  und dass auch die
gar nicht so selbstverständlich ist
wie man meint
zeigt sich an der frage
wo beginnt eigentlich ein neuer tag
  diese frage hört sich zunächst sehr naiv an -
weiß doch heutzutage schon jedes kleine kind
dass mit sonnenauf- und -untergang
die tage wechseln
dass nach dem ersten jänner der zweite kommt
dann der dritte
und danach alle anderen
  soweit so gut
aber wer sich noch nie
darüber gedanken gemacht hat
wo ein neuer tag beginnt
wird auch nie dahinterkommen
dass das datum keine natürliche gegebenheit ist
sondern eine
wieder willkürlich festgelegte linie braucht
die sogenannte datumsgrenze
damit unsere zeitrechnung funktioniert
  stellen sie sich vor -

ich darf mich hier direkt an den leser wenden -
sie flögen mit dem lauf der sonne
ständig in westlicher richtung um die erde herum
monatelang
jahrelang vielleicht
das heißt sie würden
mit der geschwindigkeit der erddrehung
dieser ständig entgegenfliegen
würden also immer
mit dem sonnenhöchststand mitreisen
hätten demzufolge immer mittag
kämen daher nie an einen punkt
an dem ein tag endet und der nächste beginnt
  sie würden immer im gleichen tag bleiben
denn sie würden nie einen sonnenauf-
oder -untergang erleben
und trotzdem würden sie im gleichen tempo
tag für tag älter werden
wie alle anderen menschen
die ihre reise nicht mitmachten
  wo auf dieser reise
könnten sie das datum weiterschreiben
  die antwort ist verblüffend
nirgends - wenn es keine datumsgrenze gäbe
  nur die datumsgrenze ermöglicht es uns
vom ersten in den zweiten jänner
und in alle anderen tage zu gelangen
    - - -
  um dieses problem endgültig zu verstehen

betrachten wir die abbildung 4-1
  nehmen wir an
es sei bei uns mittwoch 15 uhr
also 3 stunden nach mittag

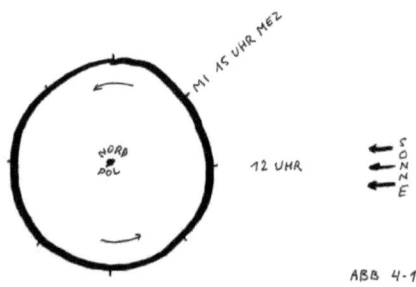

ABB 4-1

die erde dreht sich in östlicher richtung
daher ist es östlich von uns schon später
westlich aber noch früher am tag
  nun schreiben wir die stunden
richtung osten weiter
bis 24 uhr
mittwoch 24 uhr ist - wie wir wissen
zugleich donnerstag 0 uhr
  wir schreiben also weiter mit donnerstag 3 uhr
dann do 6 uhr
usw
bis wir wieder in der mez sind
und stellen schließlich fest
dass wir plötzlich hier bei uns

2 verschiedene tage haben
und das zur gleichen zeit

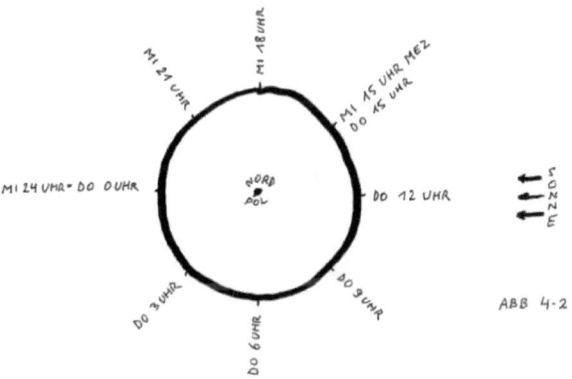

ABB 4-2

das kann nicht stimmen
haben wir nun mittwoch oder donnerstag
    - - -
  versuchen wir es in die andere richtung
wir kommen über mi 9 uhr
6 uhr
3 uhr
schließlich zu mi 0 uhr
mittwoch 0 uhr ist zugleich dienstag 24 uhr
  wenn wir nun den dienstag
bis zur mez weiterschreiben
stellen wir fest
dass wir wieder zwei tage gleichzeitig haben
dieses mal ist sogar
ein tag aus der vergangenheit dabei

das kann also erst recht nicht stimmen
wo ist der fehler

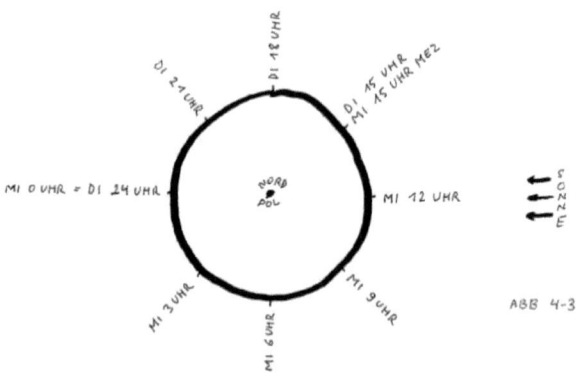

ABB 4-3

   der fehler ist einfach die fehlende datumsgrenze
ohne datumsgrenze
kommen wir nicht in den nächsten tag
weil der alte nicht verschwindet
würden wir nämlich noch eine runde
durchnummerieren
egal in welche richtung
käme sogar ein dritter tag dazu
und mit jeder weiteren runde noch einer
   irgendwo treffen zwei tage zusammen
unweigerlich
das haben wir in den abb 4-1 bis 4-3 gesehen
bei uns - in der mez - ist das nicht der fall
das wissen wir
es gibt in unserer gegend keine datumsgrenze

das würde auch sehr stören
die datumsgrenze ist also dort festgelegt worden
wo sie über kein land führt
wo sie keinen staat durchlaufen muss
und das ist ziemlich genau vis-a-vis von uns
auf dem 180sten längenkreis der fall
dort wechseln
seit der einführung der zonenzeit die tage

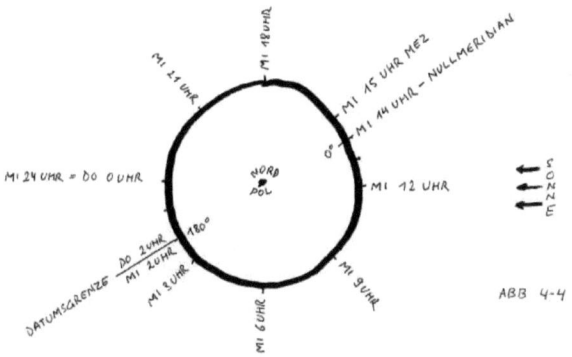

ABB 4-4

   aus der richtung der erddrehung
ergibt sich nun dieses faszinierende kuriosum
dass man westlich der datumsgrenze
wo man sich - für laien - eigenartigerweise
auf der östlichen hemishäre befindet
immer einen tag voraus ist
selbst wenn man nur wenige meter
von jemand ertfernt ist
der sich gerade noch östlich davon befindet

man könnte sich nun also dazu verabreden
mit zwei booten zur datumsgrenze zu fahren
  eines der boote
würde knapp westlich der datumsgrenze ankern
also auf der östlichen hemisphäre
  dies ist kein widerspruch
sondern logisch wenn man bedenkt
dass man unseren planeten
vom nullmeridian
und nicht von der datumsgrenze aus betrachtet
in zwei hälften teilt
das andere
nur so weit davon entfernt
dass man sich noch zurufen könnte
östlich der grenze
daher auf der westlichen der beiden erdhälften
  nun wäre man - und das ist das kuriose
obwohl man einander sieht
und miteinander reden kann
in zwei verschiedenen tagen
und könnte einander -
obwohl man
zur gleichen zeit den gleichen radiosender hört -
dem anderen über die gestrigen
beziehungsweise
über die morgigen neuigkeiten berichten
  daraus ergibt sich eine interessante möglichkeit
man kann nämlich auf diese art tatsächlich
den gleichen tag zweimal erleben -

genauer gesagt das gleiche datum -
was zum beispiel zu silvester
oder zu geburtstagen sehr beliebt ist
  man feiert sein fest
zunächst auf der westlichen seite
und begibt sich anschließend für das deja-vu
auf die östliche - sprich westliche hemispäre
  datumsmäßig ist man somit tatsächlich
zweimal im gleichen tag
doch auch der ist kein tag wie der andere
denn dieser trick ändert nichts daran
dass man trotzdem einen tag älter ist
    - - -
  was passiert aber nun wenn man -
wie schon zuvor in der überlegung
ohne datumsgrenze -
der erddrehung entgegenreist
und dabei ständig in der mittagszeit bleibt
diesmal aber mit datumsgrenze
  anhand der abbildung 4-4
ist diese frage ganz einfach zu beantworten
  man überquert dann jeden tag einmal
die datumsgrenze in westlicher richtung
und kommt dadurch bei jeder überquerung
einen tag weiter
  es ist also ganz egal
ob man nun zuhause sitzt und darauf wartet
oder die datumsgrenze
jeden tag einmal überquert

das datum ändert sich in jedem fall regelmäßig
  im ersten passiert das zu mitternacht
im zweiten fall
bei jeder überquerung der datumsgrenze
  nun gibt es daneben aber auch noch
andere möglichkeiten
  ich könnte zum beispiel
der erde langsamer entgegenfliegen
als diese sich dreht
dann erlebe ich den datumswechsel abwechselnd
einmal zu mitternacht
und das andere mal
durch überqueren der datumsgrenze
  fliege ich aber in die östliche richtung
passiert folgendes
ich komme zu mitternacht in den nächsten tag
verliere aber wieder einen tag
wenn ich die datumsgrenze überfliege -
sozusagen eine nullrunde -
zunächst
denn da die datumsgrenze selber auch
unbeeindruckt von meiner reisetätigkeit
alle 24 stunden die mitternacht passiert
rücke auch ich wieder regelmäßig im datum weiter
  je schneller ich dabei in östlicher richtung fliege
umso öfter erlebe ich
zwischen den datumssprüngen eine nullrunde
  nullrunden erlebe ich übrigens auch dann
wenn ich in westlicher richtung

schneller unterwegs bin als sich die erde dreht
- - -
  wer nun meint - das alles sei ihm zu kompliziert
und daraufhin beschließt
sich lieber doch nicht näher mit sonnenuhren
zu beschäftigen
tut diesem faszinierenden instrument unrecht
denn alle diese hier angestellten überlegungen
sind erst seit der einführung der zonenzeit
von bedeutung
und haben mit der sonnenuhr selbst
nichts zu tun
  trotzdem aber hilft gerade
die beschäftigung mit der sonnenuhr ungemein
sinn und notwendigkeit von dingen
wie der datumsgrenze und ähnlichem
richtig einordnen und besser verstehen zu können

- - -

20-04-2019

  karsamstag - heute markiere ich die erste
nach unten gewölbte datumslinie
mit der wir das sternzeiche widder beenden
und in das des stiers wechseln
und damit haben wir auch auf der sonnenuhr
einen bezug zu den ausführungen über das datum
im vorigen kapitel

    auf dem nachhauseweg -
pater theoklidos hat gestern erst
die ziffern aufgemalt -
spricht mich jemand an der meint
er habe die uhr schon gesehen
sie könne ja ganz schön werden
allerdings sei da wahrscheinlich ein fehler passiert
denn sie gehe ganz falsch
    ich frage wie er das denn festgestellt habe
ob er sich mit sonnenuhren einigermaßen auskenne
und bekomme prompt
die leider nicht ganz unerwartete antwort
    da brauch ich mich nicht viel auszukennen
ich sehe doch dass die zeit die sie anzeigt
überhaupt nicht passt
sie geht einfach falsch
und zwar nicht nur um ein paar minuten
sondern um fast eine stunde
    zuerst habe er sich gedacht
dass sie vielleicht nur die sommerzeit
nicht anzeigen könne
aber dann habe er gesehen
dass die zeit auch nicht passen würde
wenn er diese stunde wegrechnete
also könne er sich nur verstellen
dass da ein grundlegender fehler passiert sei
und er könne mir nur dringend dazu raten
jemand zu befragen
der sich damit wirklich auskenne

soviel fachliche beratung habe ich nicht erwartet
was soll ich also tun
  natürlich könnte ich jetzt versuchen
ihm einige grundlegende dinge
über die funktion einer sonnenuhr
zu erklären aber mangels zeit
und genügend vertrauen darauf
dies so schnell hinzubekommen
versuche ich es mit einem vergleich
  möchte jemand sein feld pflügen
beginne ich
kann er das nicht mit der egge machen
er braucht einen pflug
möchte er es eggen
passt die egge
  möchte jemand suppe essen
kann er das schlecht mit dem messer machen
er braucht einen löffel
möchte er aber fleisch schneiden
sollte er das messer nehmen
  im gesicht meines gegenübers bemerke ich
neben der erwarteten verwunderung
die gerade in ratlosigkeit überzugehen droht
auch aufkeimende ungeduld
also beeile ich mich zur sache zu kommen
  und nun zu deiner beobachtung
fahre ich fort
möchte jemand die mez wissen
respektive die dazugehörige sommerzeit -

und das wolltest du offensichtlich -
zeigt ihm der schatten auf der sonnenuhr
sicher nicht den richtigen wert
er bräuchte eine mechanische uhr
auf der die mitteleuropäische zeit eingestellt ist
möchte er dagegen die wahre ortszeit feststellen
dann ist die sonnenuhr die richtige
   enttäuschung mit einem schuss ungläubigkeit
übernimmt das kommando
über meinen gesprächspartner
   willst du damit sagen
dass man eine sonnenuhr gar nicht so bauen kann
dass sie die genaue zeit anzeigt
   die genaue zeit
wiederhole ich und überlege mir dabei
wie ich meinen erklärungsversuch
noch einigermaßen retten könnte
   man kann eine sonnenuhr sehr wohl so bauen
dass sie die zeit ganz genau zeigt
und das habe ich auch gemacht
aber sie ist halt eine sonnenuhr
und als solche kann sie leider immer nur
die wahre ortszeit ihres standortes anzeigen
und die läuft eben nicht parallel zu einer zonenzeit
wie die mez eine ist
   eine sonnenuhr geht manchmal langsamer
und manchmal schneller
das lässt sich nicht ändern
   es gibt auf der ganzen welt keine sonnenuhr

die mit einer mechanischen uhr übereinstimmt
aber natürlich gibt es eine möglichkeit
die ortszeit auf die zonenzeit umzurechnen
doch das erfordert
eine relativ intensive beschäftigung
mit dieser materie
und ist außerdem überhaupt nicht sinnvoll
weil ich das mit einer mechanischen uhr
viel einfacher und schneller haben kann
  er überlegt ein paar augenblicke
und meint dann
  und warum baut man dann überhaupt
eine sonnenuhr

   - - -

09-05-2019

  wer hat die sonnenuhr eigentlich erfunden
werde ich von einem freund gefragt
  erfunden - wie meinst du das
gebe ich eher nur gespielt
weil wohl wissend wie die frage gemeint ist
überrascht zurück
die sonnenuhr ist doch nicht vergleichbar
mit irgendeinem technischen gerät
das in der natur nicht anzutreffen ist
die sonnenuhr war immer da
die musste man nicht erst erfinden

man musste nur beobachten - nämlich den schatten
und das haben die menschen immer schon gemacht
die menschen haben schon immer
ihre beobachtungen in der natur gemacht
haben versucht die natur zu verstehen
ganz im gegensatz zu unserer zeit
in der man meistens ja nur so tut
als sei einem die natur ein anliegen
in wahrheit aber nur versucht
ideologien zu verkaufen
  die sonnenuhr war immer da
fragt er sehr erstaunt
ungläubig fast
wo - in welcher form
  diese frage kann man gelten lassen
unterbreche ich ihn
denn die kann man auch beantworten
sonnenuhren gibt es nämlich
in verschiedensten formen
und wenn man von einem erfinder
sprechen möchte
muss man immer auch dazusagen
von welcher form
von welchem typ man spricht
denn dazu lassen sich in der literatur
antworten finden
  aber die sonnenuhr an und für sich
war immer da
weil auch der schatten immer da war

und den haben unsere frühen vorfahren
auch schon beobachtet
  einzeln stehende bäume
markante felsen
alles wirft einen schatten
der sich der beobachtung neugieriger
interessierter
denkender wesen nicht entziehen kann
selbst der eigene schatten
ist dafür geeignet festzustellen
dass er nicht immer gleich ist
sondern sich im laufe eines tages verändert
man hat daher schon sehr früh damit begonnen
einfache stöcke senkrecht in den boden zu stecken
und ihren schatten zu markieren
dabei stellte man fest
dass der tag immer
mit einem langen schatten beginnt und endet
und genau dazwischen den punkt erreicht
wo er am kürzesten ist
  so hat man auch den sonnenhöchststand erkannt
also den mittagspunkt
  und diese einfachen
grundsätzlich für jeden menschen
mögliche beobachtungen
haben auch bald
zu einigen weiteren entdeckungen geführt
  aus den sich ständig ändernden schattenbildern
konnte man nämlich bald

auch auf verschiedene taglängen schließen
und stieß dabei auch auf so besondere zeitpunkte
wie tag- und nachtgleiche
sowie den längsten und den kürzesten tag
   das alles ist aus der schattenlänge
und dem schattenwinkel im laufe eines tages
ablesbar und führte bald zum nächsten schritt
nämlich zur stundeneinteilung
   die war zunächst so dass man den tag
über das ganze jahr hindurch
von sonnenauf- bis -untergang
in eine bestimmte anzahl von stunden einteilte
die immer gleich blieb
egal wie lange der tag dauerte
   dies hatte zur folge
dass eine stunde im winter kürzer war
im sommer aber länger dauerte
   man bezeichnet das heute als
temporale stunde
aber auch die gleichbleibende stundenlänge
die heute so selbstverständlich ist
man spricht dabei von äqinoktialen stunden
wurde zum beispiel in babylonien
schon vor unglaublichen 2400 jahren verwendet
weil für astrologische beobachtungen
die temporalen stunden ungeeignet sind
   für diese beobachtungen
brauchte man immer genauere sonnenuhren
und so war es nicht verwunderlich

dass aus den einfachen holzstöcken
am beginn der zeitmessung
im laufe der geschichte immer kunstvollere
geworden sind
bei den alten ägyptern zum beispiel
riesige granitmonolithe - die obelisken
die man heute noch
an vielen orten bewundern kann
  auch die waren ursprünglich also
nichts anderes als gnomone - schattenwerfer
  interessant - meint er
so gesehen kann man natürlich nicht
von einem bestimmten erfinder sprechen
  natürlich nicht - bestätige ich
aber umso deutlicher sieht man
bei diesen ersten versuchen einer zeitmessung
die verbundenheit unserer vorfahren mit der natur
ihre fähigkeit
die abläufe in der natur zu beobachten
und zu nützen
und die einsicht der damaligen menschen
dass sich ihr leben nach der natur zu richten habe
und nicht umgekehrt

    - - -

20-05-2019

  als ich aufwache höre ich ein geräusch

das normalerweise immer freude
in mir hervorruft – nicht so dieses mal
denn der erste gedanke
der mir durch den kopf schießt
als ich den regen höre
ist der dass heute die nächste datumslinie
markiert werden soll
　ich habe pater arsenios
schon ein paar tage davor gebeten
die ersten markierungen in der früh
bevor ich zum deutschunterricht
ins kloster komme
zu übernehmen
aber das ist jetzt hinfällig – schade
　der deutschunterricht beginnt um acht uhr
und es ist keine wetterbesserung in sicht
aber was schreibe ich da
wetterbesserung
　so viele wochen haben wir heuer schon
vergeblich auf den ersehnten regen gewartet
und nun rede ich von wetterbesserung
　warum bezeichnen wir regen
ohne den ja überhaupt nichts wachsen würde
immer als schlechtwetter
　eigentlich
eine vollkommen unverständliche bezeichnung
　wetteränderung müsste das heißen
worauf ich da gerade hoffe
genau – wetteränderung

und schon sind wir wieder
bei der wortbedeutung
und damit mitten im deutschunterricht
der uns das wetter zunächst einmal vergessen lässt
  als es aber kurz vor zehn
mit einem schlag heller wird im raum
ist plötzlich der unterricht vergessen
und ab gehts zur sonnenuhr
pater arsenios bringt eine leiter
steigt hinauf und –
die sonne ist wieder weg
  es gelingt an diesem tag aber doch noch
einige markierungen anzubringen
weil sich die sonne immer wieder durchsetzt
die fehlenden markierungen
der verregneten morgenstunden
werden wir am nächsten tag nachholen

    - - -

04-06-2019

  pater theoklidos
ist gerade mit der zeitgleichung beschäftigt
  die grafik in abbildung 5
zeigt die werte der zeitgleichung im jahr 2019
mit ihrer hilfe kann dargestellt werden
wie sich die differenz zwischen
der wahren ortszeit - woz -

und der mittleren ortszeiz - moz -
aufgrund der unterschiedlichen geschwindigkeit
der erde auf ihrem weg um die sonne
im laufe des jahres ändert
  diese werte gelten im genannten jahr
für alle sonnenuhren weltweit
allerdings nur in diesem jahr
weil sich die erde eben nicht gleichförmig
um die sonne herumbewegt
und daher die zeitgleichung für jedes jahr
extra berechnet werden muss

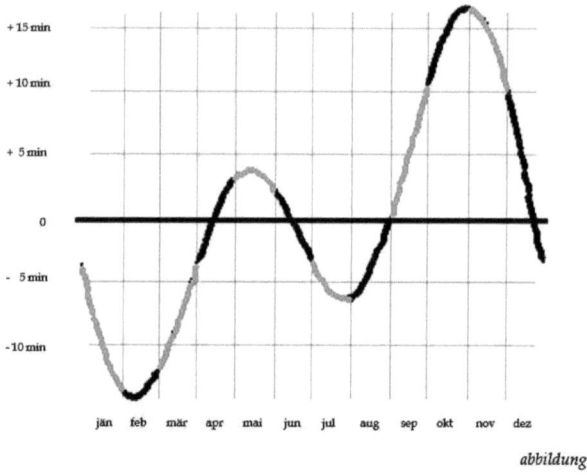

*abbildung 5*

wenn die kurve *über* der nulllinie verläuft
geht die sonnenuhr
gegenüber der mittleren ortszeit vor

das heißt - der schatten ist schon weiter
als er eigentlich laut zifferblatt sein dürfte
der grund dafür ist wie bereits gesagt der
dass die erde nicht immer gleich schnell
um die sonne herumfliegt
   im winter ist sie schneller
weil sie sich näher an der sonne befindet
im sommer dagegen langsamer
   liegt die linie dagegen unter der nulllinie
geht die sonnenuhr
gegenüber der mittleren ortszeit nach
   die oberen scheitelpunkte
werden an folgenden tagen erreicht
   am 14ten mai mit + 3 min 35 sek
und am dritten november mit + 16 min 19 sek
   die unteren scheitelpunkte finden sich
am 11ten feber mit - 14 min 12 sek
und am 26sten juli mit - 6 min 27 sek
   an ebenfalls 4tagen im jahr
ist die differenz zwischen mittlerer
und wahrer ortszeit null
es sind dies die tage
16ter april
13ter juni
erster september und
25ster dezember
   nur an diesen vier tagen
ist der zeitliche abstand der ortszeit zur mez
am zifferblatt der sonnenuhr direkt abzulesen

an allen anderen tagen im jahr muss man
wenn man die anzeige der sonnenuhr
mit der zonenzeit vergleichen will
die zeitgleichung berücksichtigen
   man sollte dies aber nicht
als einen mangel der sonnenuhr sehen
sondern einfach akzeptieren
dass die wahre ortszeit eine natürliche zeit ist
und daher nicht so gleichförmig abläuft
wie die künstlich geschaffene zonenzeit
   wie ist nun eine sonnenuhr zu lesen
normalerweise ganz einfach
man akzeptiert die zeit die der schatten anzeigt
als wahre ortszeit
   solange man diese zeit
nicht mit der zeit eines anderen ortes vergleicht
reicht diese anzeige
   zu einem problem wird das ablesen der uhrzeit
für die meisten menschen
wie bereits erwähnt erst dann
wenn man die wahre ortszeit
auf die mitteleuropäische zeit umrechnen will
denn dann muss man die werte
die in der zeitgleichung dargestellt sind
bei der umrechnung berücksichtigen
und diese rechenaufgabe ist jeden tag eine neue
   ein beispiel
angenommen der schatten der sonnenuhr
zeigt am 16ten april 12 uhr

an diesem tag gibt es keine differenz
zwischen wahrer und mittlerer ortszeit
man kann also die angezeigte zeit
zunächst ohne korrektur hinnehmen
allerdings muss jetzt noch der standort der uhr
berücksichtigt werden
und der liegt für sankt andrä zirka 2 grad
östlich der mitteleuröpäischen zeit
was bei 4 minuten pro grad
in unserem fall genau 7 minuten
und 44 sekunden ausmacht
  um auf die mitteleuropäische zeit zu kommen
muss man nun also den genannten wert
von 12 uhr abziehen und wird feststellen
dass es auf der armbanduhr tatsächlich
erst 11 uhr 52 min und 16 sek ist
bzw bei sommerzeit 12 uhr 52 und 16 sek
  ein zweites beispiel -
nehmen wir an - der schatten der sonnenuhr
zeigt am dritten november zwölf uhr
  an diesem tag weist die zeitgleichungsgrafik
einen wert von +16 min und 19 sek aus
  in diesem fall muss man nicht nur
die vorhin genannten 7 min und 44 sek
von 12 abziehen
sondern zusätzlich auch noch den wert
der zeitgleichung - was in mez ausgedrückt
11 uhr 35 min und 57 sek ergibt
  bei einem negativen wert in der zeitgleichung

muss man logischerweise diesen zunächst addieren
die 7 min 44 sek danach aber trotzdem abziehen
  liest sich kompliziert
ist aber auf der uhr des klosters maria schutz
viel einfacher
weil auf ihr im oberen bereich die mez
auf einem eigenen zifferblatt dargestellt ist
wodurch man die 7 min und 44 sek
vernachlässigen kann
  von diesem eigenen zifferblatt ausgehend
muss man daher nur mehr
die zeitgleichung berücksichtigen
  also schritt 1
überlegen ob die normalzeit
oder die sommerzeit aktiv ist
  schritt 2
der zeitgleichungsgrafik
den aktuellen wert entnehmen
  schritt 3
einen pluswert
von der anzeige der sonnenuhr abziehen
oder
einen minuswert zu selbiger addieren
  alles keine hexerei - aber man sollte bedenken
dass man sonnenuhren nicht baut
um darauf die zonenzeit ablesen zu können
das kann man einfacher haben
indem man auf eine herkömmliche uhr schaut
  sonnenuhren wurden und werden im allgemeinen

zu dem zweck gebaut
dass sie die wahre ortszeit anzeigen
denn das schafft eine mechanische uhr nicht

   - - -

21-06-2019

  für diesen tag ist die präsentation der uhr
und auch die des vorliegenden buches geplant
  ich werde die besucher dazu einladen
anregen
animieren
die sonnenuhr wieder als das zu sehen
was sie immer schon war -
eine metapher für naturnähe
  nichts vom menschen je erbaute
ist näher an der natur als eine sonnenuhr
  eine sonnenuhr zu bauen bedeutet
sich die natürlichen abläufe bewusst zu machen
wer sich mit sonnenuhren beschäftigt
dem ist die natur wirklich noch ein anliegen
die sonnenuhr
ist eine verbeugung vor der schöpfung
sonnenzeit ist die natürlichste zeit
aber leider wird die sonnenuhr
heute gar nicht mehr wahrgenommen
es wird blind einer künstlichen zeit vertraut
  mittag ist für den heutigen menschen

nicht mehr der sonnenhöchststand
sondern die zahl zwölf auf der digitaluhr
  natürlich war es für die berufswelt notwendig
von der ortszeit abzugehen
und auf zonenzeit umzustellen
aber dadurch haben die menschen
den bezug zum natürlichen tagesablauf verloren
man erachtet willkürlich definierte ziffernanzeigen
auf den mechanischen und elektronischen
analog- und digitaluhren als wirklichkeit
als echte zeit
als wahre zeit
und das obwohl man miterlebt
wie beliebig sie von sogenannter normalzeit
auf sommerzeit umgestellt werden kann
und wieder zurück
wie einfach es für regierungen ist
per gesetz in eine andere zeitzone zu wechseln
ja sogar in einen anderen tag
in ein anderes datum
wie dies im jahr 2011 der fall war
als man auf dem inselstaat samoa beschloss
den 30sten dezember einfach ausfallen zu lassen
um dadurch
auf die westliche seite der datumsgrenze
also in die östliche hemishäre
wechseln zu können *- vgl 17 - 04 - 2019*
und damit zu jenen zu gehören
die das neue jahr als erste feiern dürfen

auch kiribati liefert ein kuriosum
hier verläuft die datumsgrenze nämlich so
dass es täglich für mehrere stunden pro tag
drei verschiedene tage gleichzeitig gibt
  bei so vielen
aus politischer sicht
notwendigen ausnahmen und spezialfällen
könnte man glatt vergessen
dass die tageszeit trotzdem
noch immer vom meridian abhängig ist
  natürlich haben sich im laufe der zeit
auch die sonnenuhren verändert
sind moderner
manche typen auch hochtechnologisch geworden
und natürlich baut man inzwischen
auch sonnenuhren die die zonenzeit anzeigen
aber genau genommen ist das ein frevel
denn es lässt sich die natur mit ihren
nie gleichförmig wiederkehrenden abläufen
nicht in das korsett einer künstlichen zeit pressen
  daran sieht man aber eines ganz deutlich
der mensch hat immer schon das bestreben gehabt
natürliche abläufe regelmäßig darzustellen -
rücksichtslos
aber in der mechanischen uhr gipfelt das
in einer genauigkeit und perfektion
die man schon besorgniserregend nennen könnte
  was wird der nächste schritt sein
vieles deutet darauf hin

dass das die utc - die koordinierte weltzeit -
französisch *temps universel coordonné*
sein wird
   was ist die utc
die koordinierte weltzeit ist eine zeit
die für die ganze erde gültig ist
sie könnte in zukunft alle zeitzonen ersetzen
   in vielen bereichen unseres lebens
gilt sie ja schon längst - nämlich seit 1972
ohne dass das den meisten menschen bewusst ist
so zum beispiel in der luft- und seefahrt
in der meteorologie
in der internationalen raumstation iss
in der antarktis
in internationalen fernmeldediensten
in internationalen projekten
die sich über mehrere zeitzonen erstrecken
und in vielen anderen bereichen
   wie ist es dazu gekommen
im selben maße wie die mobilität der menschen
im laufe der zeit zugenommen hat
ist auch der bedarf
nach größeren einheiten mit einheitlicher uhrzeit
gestiegen
   war es zunächst noch ausreichend
jede stadt für sich mit hilfe einer sonnenuhr
mit der genauen ortszeit auszustatten -
und da störte es auch nicht
dass diese nicht immer gleich schnell verläuft -

brauchte man ab dem 19ten jahrhundert
als die mobilität stark zunahm
schon dringend ein anderes zeitmaß
also beschloss man die zonenzeit einzuführen
  heute sind sehr viele bereiche unseres lebens
weltweit vernetzt - das heißt globalisiert -
siehe oben angeführte beispiele -
also verwendet man mehr und mehr die weltzeit
  die entwicklung von der wahren ortszeit
über die zonenzeit hin zur weltzeit
ist eine vollkommen logische
  die utc könnte also in absehbarer zeit
auch im alltag
im privaten bereich
kurz in jedem bereich eingeführt werden
  was wäre der vorteil -
es gäbe keine zeitumstellungen mehr
und es gäbe auf reisen auch keine zeitsprünge mehr
man könnte unabhängig vom aufenthaltsort
alle zeitangaben viel einfacher zuordnen
  der nachteil -
zumindest aus der sicht eines naturliebhabers -
wäre allerdings
dass man dann nicht mehr automatisch 12 uhr
mit mittag
und 24 uhr mit mitternacht gleichsetzen könnte
denn dann hätte die uhrzeit
mit der tageszeit eigentlich nichts mehr zu tun
am nullmeridian würde sich zwar nichts ändern

dort bliebe der sonnenhöchststand bei 12 uhr
aber zur gleichen zeit wäre es auch bei uns 12 uhr
obwohl der sonnenhöchststand
schon ca eine stunde verbei wäre
  auch noch kein problem
denn das wäre einfach
eine art verkehrte sommerzeit
wir würden die uhr statt nach vor
einfach eine stunde zurückdrehen
  in new york beispielsweise
wäre das aber schon viel deutlicher zu spüren
dort wäre der sonnenhöchststand
also die natürliche tagesmitte
erst um 17 uhr
das hieße andererseits die uhr zeigte schon 12
obwohl es erst kurz nach sonnenaufgang wäre
klingt nach totalem durcheinander
ist aber nicht wirklich ein problem
wenn man die schon erwähnte tatsache akzeptiert
dass die uhrzeit dann
keine tageszeit mehr im jetzigen sinn
darstellen würde
sondern einfach nur einen wert
an dem man sich weltweit orientieren könnte
  eine vorstellung
an der berühmten metropolitan opera
würde dann statt wie jetzt um 21 uhr
etwa um 2 uhr beginnen
doch das wäre dann eine ganz normale beginnzeit

die je nach jahreszeit
ein bis zwei stunden nach sonnenuntergang
liegen würde
so wie das auch jetzt der fall ist
  die beliebte frage
und wie spät ist es dann bei uns
könnten wir uns dann auf jeden fall sparen
weil es überall gleich spät wäre
das aber könnte uns endgültig
von irgendwelchen
nicht der natur entsprechenden ziffern
abhängig werden lassen
  doch vielleicht liegt gerade in der weltzeit
die große chance
wieder zur wahrnehmung der sonnenzeit
also der natürlichen abläufe
zurückzufinden
  erst wenn unsere welt so künstlich geworden ist
dass wir uns in ihr nicht mehr wohlfühlen
werden wir die natur wieder suchen
  noch ist es nicht soweit
denn wir sehen nach wie vor jeden schritt
der uns mehr von der natur entfernt als fortschritt
noch verdammen wir zwar
den einsatz von jeglichen chemikalien
ohne nachzufragen
wie weit sie wirklich schädigend sind
sind aber gleichzeitig begeistert
von völlig naturfernen produktionsmethoden

wie zb gemüse in glashäusern ohne erde
oder massenfischzucht in riesigen wasserbehältern
und lassen uns sogar einreden das alles sei bio
nur weil man auf - manche - chemikalien verzichte
  der mensch empört sich zwar
sehr leicht und heftig über umweltschäden
und deren auswirkungen auf ihn
sucht aber die schuld nicht bei sich selber
sucht auch nicht nach wahren ursachen
sondern immer nur nach sündenböcken
nach dem motto
solange es gelingt
jemand die schuld an allen missständen
in die schuhe zu schieben
muss ich selber kein schlechtes gewissen haben
dabei würde es reichen
wieder die nähe zur natur zu suchen
indem man sich die nachteile
der massenproduktion und gleichmacherei
auf jedem gebiet stärker bewusst macht
  die sonnenuhr
ist eine wunderbare gelegenheit dafür
sie ist ein sinnbild für individualität
für einzigartigkeit und vielfalt gleichermaßen
und wird es immer bleiben
es gibt keine 2 vollkommen gleichen sonnenuhren
das kann es auch fast nicht geben
denn sonnenuhren müssen immer individuell
und manuell gebaut werden

weil sie nicht nur dem jeweiligen standort
sondern immer auch den baulichen gegebenheiten
angepasst werden müssen
   sonnenuhren sollten gerade in der heutigen zeit
in der nur mehr firmenlogos
den scheinbaren unterschied
unter lauter gleichen massenprodukten ausmachen
und so auch deren wert
daran erinnern
was unser leben von natur aus bestimmt
   das wandern des gnomonschattens
über die datumslinien
und die stundeneinteilung der sonnenuhr
ist eine projektion der bewegung der gestirne
also ausdruck des kosmischen waltens
   wer über sonnenuhren nachdenkt
denkt über die natur
über die schöpfung
über gott nach
   die sonnenuhr ist
eine projektionsfläche für die gestirne
eine tür ins weltall
ein fenster zur schöpfung
in der kein tag wie der andere ist

- - - und nikola
frage ich ihn
wie gefällt sie dir
   ich kann mit voller überzeugung sagen
und das ist gar nicht überraschend für mich
sie ist überaus schön geworden
meint er mit perfektem ü

es mag vielleicht für manche
nichts besonderes sein
aber mir war es
eine große ehre und freude
und ein großes bedürfnis
dem kloster
etwas von meiner zeit zu geben

martin franz neuberger

geboren worden 1956
in sankt andrä am zicksee - burgenland - österreich

schreibt kurzgeschichten gedichte liedtexte - ua
auch bühnenstücke die zwischen 2008 und 2018
von einer schultheatergruppe unter seiner leitung
regelmäßig aufgeführt wurden

präsentiert seine texte seit über 10 jahren
in der musik- und literaturformation SAE!TNR!SS

ständig und leidenschaftlich beschäftigt
mit dieser großen frage
die nie ein mensch beantworten können wird
und daher trotzdem ratlos über den sinn unserer existenz
und all dessen was sie umgibt
aber unverdrossen auf der suche nach antworten
stieß er eines tages auf die sonnenuhr
die er seither als fenster zur schöpfung bezeichnet

kein tag wie der andere
beschreibt den bau einer sonnenuhr
im ersten orthodoxen kloster österreichs
und ist das mittlerweile siebente buch des autors

martin franz neuberger schreibt seine texte
als statement für eine einfachere orthographie
in konsequenter kleinschreibung
und ohne satzzeichen
einzige ausnahme - der gedankenstrich

weitere infos unter https://mfneu.com

bisher erschienen

das ungegenteil   - lyrik
edition rötzer
eisenstadt 2006
isbn  3-85374-384-6

schwarzweisheiten   - lyrik
novum verlag
neckenmarkt – wien – münchen 2009
isbn  978-3-85022-780-3

*weggefährten - ilv-verlag 2012 - seit 2016 als*
die ungelesenen weggefährten   - lyrik
bod – books on demand
norderstedt 2016
isbn  978-3-7392-2852-5

die kerlinger höhe   - gereimte geschichten
bod – books on demand
norderstedt 2016
isbn  978-3-7412-5062-0

entlebt   - kurzprosa
verlag bibliothek der provinz
weitra 2017
isbn  978-3-99028-653-1

schmetterling in engelshäuten   - bühnenstücke
bod – books on demand
norderstedt 2017
isbn  978-3-7448-8922-3

|          | inhalt                  |       |
|----------|-------------------------|-------|
| aug 2018 | die idee                | s 11  |
| noch aug |                         | s 16  |
| 03-09-18 | erste grundbegriffe     | s 19  |
| 10-09-18 | erster entwurf          | s 26  |
| 17-09-18 | zweiter entwurf         |       |
|          | sonnenuhr – mech uhr    |       |
|          | gedankenreise 1         | s 29  |
| 20-09-18 |                         | s 46  |
| 25-09-18 |                         | s 47  |
| 18-10-18 |                         | s 48  |
| 06-02-19 |                         | s 48  |
| 04-03-19 | dritter entwurf         | s 51  |
| 14-03-19 |                         | s 53  |
| 17-03-19 | beginn der arbeiten     | s 58  |
| 18-03-19 | gedankenreise 2         | s 60  |
| 19-03-19 | montage des gnomons     | s 74  |
| 20-03-19 | tag-nacht-gleiche-linie | s 76  |
| 21-03-19 |                         | s 78  |
| 28-03-19 | das satz                | s 79  |
| 01-04-19 | 17 uhr 54               | s 83  |
| 16-04-19 | die richtige zeit       |       |
|          | gedankenreise 3         | s 84  |
| 17-04-19 | gegenwart               |       |
|          | zeiteinheiten           |       |
|          | datumsgrenze            | s 98  |
| 20-04-19 | ungenaue sonnenuhr      | s 115 |
| 09-05-19 | erfindung der sonnenuhr | s 119 |
| 20-05-19 |                         | s 123 |
| 04-06-19 | die zeitgleichung       |       |
|          | sonnenuhr richtig lesen | s 125 |
| 21-06-19 | weltzeit                | s 131 |